NINGUÉM MORRE DE AMOR

Géraldine Dalban-Moreynas

NINGUÉM MORRE DE AMOR

Tradução de Célia Regina Rodrigues de Lima

Texto de acordo com a nova ortografia.
Título original: *On ne meurt pas d'amour*

Tradução: Célia Regina Rodrigues de Lima
Capa: Ivan Pinheiro Machado
Foto da autora: © Stéphane de Bourgies
preparação: Mariana Donner da Costa
Revisão: L&PM Editores

CIP-Brasil. Catalogação na fonte
Sindicato Nacional dos Editores de Livros, RJ.

D139n

Dalban-Moreynas, Géraldine
    Ninguém morre de amor / Géraldine Dalban-Moreynas; tradução Célia Regina Rodrigues de Lima. – 1. ed. – Porto Alegre [RS]: L&PM, 2020.
    200 p. ; 21 cm.

    Tradução de: *On ne meurt pas d'amour*
    ISBN 978-65-5666-056-1

    1. Ficção francesa I. Lima, Célia Regina Rodrigues de. II. Título.

20-64624   CDD: 843
                              CDU: 82-3(44)

Leandra Felix da Cruz Candido - Bibliotecária - CRB-7/6135

© Éditions Plon, 2019

Todos os direitos desta edição reservados a L&PM Editores
Rua Comendador Coruja, 314, loja 9 – Floresta – 90.220-180
Porto Alegre – RS – Brasil / Fone: 51.3225.5777

PEDIDOS & DEPTO. COMERCIAL: vendas@lpm.com.br
FALE CONOSCO: info@lpm.com.br
www.lpm.com.br

Impresso no Brasil
Inverno de 2020

Para Milo.
Porque, se eu tivesse que te ensinar alguma coisa,
seria: nada é mais belo do que o amor.

1.

São 18 horas e ela ainda não encontrou nada.

Ela se pergunta se é normal ficar tanto tempo procurando um presente para uma festa de inauguração na casa de alguém que a gente mal conhece.

Eles foram ao Conran Shop, ao Le Bon Marché. Vasculharam todas as lojas de Saint-Germain-des-Prés. Faltam poucas semanas para o Natal e há uma multidão de gente por toda parte. Contaminadas pelo espírito natalino, as pessoas não veem a hora de colocar os pacotes ao pé da árvore. Amigos de outras regiões vieram passar o fim de semana em Paris. Tudo está bem.

Algumas semanas atrás, seu homem a pedira em casamento em Nova York, no centro da cidade pela qual sempre teve um carinho especial. Ele foi impecável na organização: acordaram às seis horas, tomaram um táxi para Roissy e de repente estavam num hotel em Manhattan. No alto do Empire State Building, ele tirou do bolso um diamante. Tudo perfeito, como de costume. Ele não é do tipo que faz as coisas pela metade.

Ela disse sim.
Desde então, a história rendia comentários nos jantares.

Ela ainda não encontrou nada.
Ela se encanta por um cinzeiro. Seria completamente estúpido oferecer um cinzeiro a quem não fuma. Então vê um abajur interessante. Mas seria o maior absurdo dar um abajur tão caro a alguém quase desconhecido.

— Escute, e se a gente comprar um buquê de flores e uma garrafa de champanhe? Acho que cairia bem.
Ele perde a paciência. Ele, o homem perfeito, que nunca se exalta, não entende. Também, como poderia entender? Naquele dia, nem ela conseguia entender. Afinal, era apenas a festa de inauguração dos vizinhos do segundo andar do edifício B.
Ela volta ao Le Bon Marché. A seção de presentes de Natal parece o Boulevard Périphérique nas horas de pico. Finalmente, ela acaba se decidindo por um objeto que encontrou sem querer: uma caixa de metal cheia de papeizinhos com mensagens. Deve-se ler uma por dia. Ótima opção para burgueses ricaços que adoram gastar dinheiro com coisas inúteis. É algo que os fará lembrar dela todas as manhãs. Pronto.

Estamos em novembro.

2.

Eles se mudaram há alguns meses para um loft que parece saído de uma revista de decoração, o tipo de apartamento que só pessoas com muito dinheiro poderiam comprar.

Os dois não são ricos. Compraram um depósito abandonado de um sírio meio desonesto que administrava o condomínio. Era preciso um pouco de imaginação.

– Este é o lugar do qual falei. Fica no andar térreo, no pátio, entre dois imóveis. Como já avisei, há muita coisa para fazer, mas o resultado pode ser fantástico. Atualmente, a zeladora usa este espaço para guardar as lixeiras, mas, pelas novas regras do condomínio, ele deve se transformar em habitação. Há duas adegas contíguas ligadas por uma escada. Venham, vou lhes mostrar, cuidado com as teias de aranha...

– E esse buraco no meio do teto, o que é?

– Aí devia existir uma claraboia antigamente, então cobriram com pedaços de lona para proteger da chuva. Cento e cinquenta mil euros: é uma pechincha para o bairro, há várias pessoas interessadas, por isso não demorem muito para decidir.

Cento e cinquenta mil euros, setenta metros quadrados devastados e duas adegas, a alguns minutos a pé da prefeitura do 17º *arrondissement*. Uma pechincha!

Eles fecharam negócio.

Dias depois, ele viaja para Beirute. A Guerra do Golfo tem início. Ela começa a frequentar a Point P à procura de materiais de construção. E vai em busca de pedreiros para a obra.

O espaço começa a se transformar. As adegas viram quartos, uma grande claraboia permite a entrada da luz. As paredes se abrem, as antigas vidraças são soldadas. Duas amplas janelas dão vista para o pátio. Enormes lajes de vidro substituem o velho piso. Ela remove o teto e recupera as vigas de aço que estavam escondidas. Lá fora, coloca um grande vaso com terra e planta uma oliveira.

De vez em quando ele volta. Mas logo tem que regressar. Sempre acontece alguma coisa em algum lugar do mundo. Ela continua. Sozinha. Mesmo assim, ainda consegue perguntar o que ele acha das torneiras que ela comprou para o banheiro. Se concorda que ela use azulejos de metrô para o boxe. Ele concorda. Arruma a mala e vai embora.

Um dia, eles se mudam. Em poucos meses, ela transformou o espaço num lugar paradisíaco que parecia um recanto da Itália. Com aquele pátio florido que nos inspira a tomar o café de manhã ou um drinque à noite. Enfim, ela imagina que a Itália seja assim.

É nessa época, não se lembra bem, que ela vê o pessoal do segundo andar pela primeira vez. Observa a mulher passar e ele segui-la com o carrinho de bebê. A filha ainda não anda. Eles não param.

Ela não gosta dos domingos, sempre fica um pouco melancólica. Seu homem está trabalhando. No segundo andar, uns dez pedreiros dão os toques finais à residência. Ela ouve o barulho de martelo e serra elétrica: devem estar instalando as últimas prateleiras.

De repente, chega a polícia. Sempre há pessoas bem-intencionadas. Um vizinho, irritado com o barulho, deve ter feito a queixa. Os policiais saem da casa levando dez pedreiros sem documentos.

Ela pensa em avisá-los. Pede o número à zeladora. A linha telefônica ainda não foi instalada. Eles vão se mudar a qualquer momento.

A porta de entrada se abre. Ela enxerga a silhueta dele na contraluz. Ele avança em sua direção. Ela o encara. Ele não tira os olhos dela, o que a faz colapsar por dentro. Ele se aproxima. Não fala nada. Nervosa, ela diz que tentou entrar em contato. Ela está com o *Le Monde* nas mãos. Ele continua calado. Ele pega uma caneta do bolso e anota seu telefone num canto do jornal. Ela tem as mãos trêmulas e não consegue segurar o jornal. Ele também não.

Os dois estão ali na rua, no meio dos policiais, dos pedreiros, das pessoas, e se olham. Estão tão próximos um do outro que ela quase pode ouvir o coração dele bater. Os olhos dele mergulham nos dela, o tempo para; os vizinhos chegam e o tempo retorna.

Ela nem se mexe. Há umas dez pessoas agora. "É claro que é preciso ir à delegacia." "Não. Seja como for, a responsabilidade é da empresa." "As obras estão registradas? Bem, então cabe ao contratante resolver a questão." "Sim, e hoje é domingo, talvez o atendimento não seja tão demorado." Ele está arrasado. Os vizinhos tentam animá-lo. Afinal, dizem, o caso não é tão grave assim.

— E a obra, já terminou?
— Sim.
Eles devem se mudar no próximo fim de semana.

Todo mundo fala ao mesmo tempo. Ela está parada lá no meio, segurando o jornal. No canto de uma das páginas, há um número de telefone rabiscado. Ela sente-se atordoada, confusa. Inconscientemente, imagina por quê. Mas, na verdade, não entende o que acontece. Ainda não.

Ele se afastou.

À noite, ela jogou fora o *Le Monde*. Antes, anotou o número dele no celular. Como se fosse impelida a fazer isso. Ainda ia demorar muito para ela descobrir o motivo.

Hoje é 11 de novembro.

3.

Ela não sabe o que vestir. As roupas se acumulam sobre a cama. Por fim, acaba escolhendo um jeans, camisa branca e botas. Longos brincos pendem de suas orelhas. Ela está nervosa. Olha o relógio pela centésima vez. O tempo não passa. Um arrepio lhe percorre a espinha. Ele certamente a está esperando. Sim, ela sente isso.

Da janela aberta do segundo andar do edifício B, pode-se ouvir a música. Eles sobem com os amigos dos vizinhos que vieram do Sul. Ele abre a porta. Ela o abraça e lhe entrega o presente. Ele o coloca na mesa sem abri-lo.

Ele a apresenta aos amigos, mas ela permanece com seu homem. A casa está lotada. Em meio a tanto barulho, bebida, conversa, movimento, há os dois. A noite passa, e ele se aproxima dela. Procura conversar com os outros, com a mulher, os amigos, mas acaba voltando para perto dela. Incansavelmente. Seus olhares se cruzam e se afastam várias vezes. Até demais.

Eles conversam.

É tarde. Só sobraram as pessoas mais chegadas. Ela sabe que eles devem ir embora, que não têm mais nada a fazer ali. No entanto, gostaria de ficar até amanhecer.
– Vamos indo?
– Sim, vamos.

Nessa noite, eles se tornam um pouco mais do que vizinhos. Tornam-se cúmplices. Ainda não se atrevem a usar essa palavra, é claro, nem querem. Afinal, ele acaba de se mudar para o condomínio com a filha e a esposa. E ela está preparando seu casamento. Os dois sentem uma emoção fugaz e tentam extingui-la.

Dali a algum tempo, eles poderiam dizer que já sabiam, mas no momento ainda não sabem realmente, é só um pressentimento.

Ela desce e vai dormir com seu homem.

Ainda estamos em novembro.

4.

Aos poucos, os vizinhos do segundo andar se adaptam ao novo espaço. Eles se cruzam, conversam e combinam programas. Ela não simpatiza com a mulher dele. Gosta dele. Ele não parece totalmente feliz. Gosta da menina, que tem um ano e meio. É parecida com a mãe. Ele conheceu a esposa em Montreal. É americana e devia retornar aos Estados Unidos após terminar os estudos. Veio para a França por causa dele.

Eles se encontram frequentemente no corredor do prédio. Ele desce toda vez que dão uma festa. Sempre sozinho.

Nessa noite, ele chegou bem tarde. São três horas da manhã, mais ou menos, e ainda há gente na festa.

Ela está sozinha; seu homem se encontra em algum lugar do mundo. A organização do casamento anda devagar. Ela gostaria que a cerimônia fosse em Marrakech e ele, no salão de festas do prédio.

– Acho muito esnobe casar em Marrakech. Detesto esnobismo.

– Se você não gosta de coisas esnobes, o que está fazendo comigo?

– Você é a única coisa esnobe que eu amo. Além do mais, sai muito caro. Não se pode obrigar as pessoas a gastar tanto dinheiro para ir a um casamento.

– Eu consegui um preço bom com a agência Nouvelles Frontières: quatro dias e três noites por menos de 350 euros.

– A tia Évelyne não suporta avião, ela tem medo, como vai ir, a nado?

– Não estou nem aí pra tia Évelyne, ela não será convidada.

– Como assim, não será convidada?

– Não tem sentido convidar parentes que eu não conheço e que você não vê há mais de vinte anos. Francamente, por que quer passar essa data com pessoas que não são importantes para você?

– Minha mãe ficaria feliz com a presença dela.

– Para agradar à tia Évelyne, bastaria sua mãe se casar de novo.

– Tudo bem, então ligue para ela e diga que a família não será convidada. Ela já avisou todo mundo para reservar a data. Ela vai adorar.

– Como ela pode avisar as pessoas antes de definirmos os convidados?

– Você se esqueceu de que marcamos o casamento para 26 de junho? Acho que já é hora de comunicarmos as pessoas, não?

No fundo, ele não quer fazer nada. O que deseja é ter um filho com ela. O quarto do bebê já está nos planos para o futuro.

Ela, por sua vez, está empolgada com a ideia de se casar: imagina-se usando um tailleur branco Yves Saint Laurent com um buquê de rosas nas mãos. Finalmente, depois de provar vários vestidos com a mãe e as madrinhas, encontrou um modelo branco sem alças em estilo princesa. Embora preferisse um traje com mangas, reconheceu que aquele lhe caía muito bem.

– Você está lindíssima, querida.

– Mamãe, é claro que o vestido é bonito, mas um tailleur Yves Saint Laurent com escarpins Louboutin ficaria elegantíssimo!

– Seja como for, você não pode se casar de calças!

Se é para casar, é melhor proceder conforme as regras. Ela tira o vestido e diz à lojista que virá buscá-lo depois.

Mal pode imaginar que nunca mais voltará lá.

Dia 26 de junho! Só falta registrar o casamento na prefeitura para publicarem os proclamas. O documento está na mesa da sala, embaixo de uma pilha de revistas, esperando ser preenchido. Um dia, irritada, ela decidiu que não se encarregaria disso. Está cansada de cuidar de tudo enquanto ele viaja pelo mundo. Às vezes tem vontade de mandar tudo pelos ares.

Mas nessa noite sente-se distante, distante do seu homem, que vive distante... Está distante de tudo, bêbada.

Elas beberam demais. Conheceram-se há dez anos no Science Po*. Passavam as noites dançando e se beijando nos quatro cantos de Paris. Lembram-se das ressacas pesadas, do retorno para casa, quando pegavam o primeiro metrô, das histórias que gostariam de eternizar, mas só duravam uma noite... São milhares de lembranças que elas evocam frequentemente durante os jantares regados a álcool. Não sabe o que faria sem elas. São seu universo, seu cotidiano. São amigas.

Mas nessa noite ela também não pensa nisso. Na verdade, não pensa em nada. Apenas sorri. Ele está lá, olhando para ela. E deixa-se embalar pelo lento vaivém do balanço que pende do teto da sala. Ele fala e ela ri à toa. São quatro horas da manhã e eles estão bêbados. Conversam, alheios às pessoas que falam ao redor, dançando, bebendo ou comentando alguma coisa. Não se importam com nada. Os dois se aproximam e seus olhos revelam um desejo ardente, quase insuportável de tão intenso.

Então ele vai embora.

Agora eles têm certeza, sentiram a excitação percorrê-los. Não há mais como negá-la. Ele pressentiu o perigo; sua vida poderia mudar de rumo naquele instante, enquanto se balançava em pleno centro de Batignolles... Ele sentiu um desejo incontrolável inundar sua mente e se espalhar pelo recinto. Uma tensão palpável liberava-se de seu corpo e invadia o espaço.

---

* Instituto de Estudos Políticos de Paris. (N.T.)

Ele notou que estava tendo uma ereção naquele balanço... só de sentir o cheiro dela e observar sua pele. Faria qualquer coisa para seduzi-la. E notou que ela também ansiava por isso: que a possuísse ali mesmo.

Tempos depois, ele lhe diria que naquela noite adoraria ter transado com ela. E que, assim que entrou em casa, ficou olhando-a pela janela por muito tempo. Sua mulher dormia no quarto. Ele se deitou no sofá, fechou os olhos e se masturbou imaginando-a sobre ele. E foi muito bom.
Ela responderia que naquela noite também adoraria ter transado com ele. Diria que se deitou, fechou os olhos e se acariciou pensando nele. E foi muito bom.
Naquela noite, sem saberem, eles fizeram amor juntos pela primeira vez, cada um em seu canto.

A partir de então, eles sentiram que nada seria como antes. Dali para a frente, a situação deles seria instável e perigosa. Bastaria uma escorregadela para que os dois caíssem. Era apenas uma questão de tempo.

Hoje é 13 de dezembro.

5.

O mês de dezembro passa devagar. Ela cancela o casamento. Bem que ele poderia se cancelar sozinho. Ela perde a avó, seu homem volta para a Síria. Está sozinha, e procura se consolar pensando que assim o relacionamento não cai na rotina e que ela é uma mulher incrivelmente independente.

A única coisa que sonha é com domingos a dois.

As festas passaram. Eles se cruzam, mas menos que antes. O tempo está frio e o pátio fica vazio.

No início de janeiro, a vida volta ao normal. No segundo andar, eles organizam um jantar e convidam um casal de amigos que ela não conhece. Não tem importância, só ele importa.

Ela está sentada ao lado dele. Não poderia ser diferente: existem eles e os outros.

Discretamente, devoram-se com os olhos e tocam-se com inocência. A conversa gira em torno de sexo. Dois casais de burgueses boêmios com crianças pequenas, ela e seu homem, também burgueses boêmios, mas sem terem chegado à condição de pais... Pelo menos até agora. É só uma questão de tempo.

Ela decidiu parar de tomar pílula. Quer ter um filho, não se casar. A ideia surgiu de repente. Uma manhã, acordou com uma dor de cabeça insuportável: na véspera, deve ter tomado um vinho de má qualidade. Mas talvez não fosse só esse o motivo. Ela certamente bebera demais. Além do cigarro, é claro. Isso não podia continuar. Ao levantar-se, decidiu que havia chegado o momento.

O momento não poderia ser pior, mais inadequado para ter uma criança. Tudo está confuso em seu íntimo. Talvez seja uma tentativa desesperada de recuperar artificialmente um equilíbrio que, no fundo, já se perdeu. Ela vai fazer trinta anos, boa idade para ser mãe.

No entanto, nunca sentiu vontade de ter um filho. Só está agindo como todo mundo. Fica encantada quando alguém lhe mostra um bebê como se fosse um troféu. As mães jovens costumam fazer isso. Suas amigas se derretem com os pequenos. Ela finge que também gosta, mas, no fundo, não se importa muito. Até se esforça, achando que a vontade de ser mãe talvez seja como o apetite, que se intensifica quando começamos a comer. Mas não deseja ficar grávida, nem passar meses carregando alguém no ventre, nem dar à luz, muito menos perder a liberdade.

Contudo, ela procura se convencer de que há situações na vida que é preciso aceitar. Faz quatro anos que eles estão juntos. Têm uma casa, conta conjunta no banco, não têm cachorro, mas sim uma criança: esse seria certamente o retrato do casal ideal midiático-jornalístico parisiense.

Ela parou de tomar pílula.
Seu homem está feliz.

Eles estão no jantar, ela talvez já esteja grávida, mas ainda não sabe. As pessoas conversam sobre a vida depois que chegam os filhos. A princípio, as palavras são cuidadosas, polidas. Conforme a noite avança, tornam-se mais afiadas. Começam a emergir as tensões cotidianas, as decepções com o outro, as acusações mútuas. E o clima fica mais pesado à medida que os copos se esvaziam.

— Mas é claro que é difícil fazer amor de manhã. As crianças acordam cedo e vão para a nossa cama, o que podemos fazer? Não dá pra pedir a eles: "Queridos, poderiam fazer a gentileza de ficar na sala enquanto o papai transa com a mamãe?".

— De manhã eles acordam cedo, e à noite você está exausta!

— Amorzinho, ponha-se no meu lugar por um dia e entenderá por que às 23 horas, quando nos deitamos, não tenho a menor vontade de fazer loucuras na cama.

— Eu sei, querida, mas, enfim, nossos filhos são fantásticos!

Ela escuta. Observa que a vida desses casais é bem diferente da sua. Mesmo que eles tentem disfarçar, ela entende que não transam mais de manhã. Na verdade, não devem transar nunca. Parecem totalmente entediados e não percebem, ou não querem perceber. Ele não diz nada, apenas a olha.

Ela diz que não pode viver sem fazer amor. Que ensinará os filhos a acordar tarde. Que lhes dará a coleção completa dos quadrinhos dos *Légendaires*. Que colocará soníferos na mamadeira deles.
Não fazer mais amor é o mesmo que parar de respirar, de beber, de comer. É como parar de viver.

Ele a observa. Ela sente seu olhar insistente. Roça na perna dele sob a mesa e vê suas mãos tão próximas. Continua a sentir aquele desejo crescente.
Mesmo naquela situação, ele com a mulher bem em frente, ela com seu homem lhe acariciando o braço, a atração física entre os dois é quase incontrolável.

É tarde, eles se despedem. Na porta, ela o beija e quase tem um orgasmo ao simples contato de seus lábios na bochecha dele.

Estamos em janeiro.

6.

Ela não se lembra de todos os momentos compartilhados. São tantos, que certamente se esqueceu de alguns. Sua memória guarda apenas os mais marcantes. Esqueceu as noites em que ele levava o lixo com muita frequência, em que ele passava em frente à casa dela só para dizer "oi", em que pedia um cigarro, embora não fumasse. Esqueceu as primeiras mensagens banais em que ele pedia o telefone de um ladrilheiro, o endereço de uma frutaria, sugestões de um presente ou de uma boa floricultura no bairro. Mensagens que eles nunca comentaram, como se já fossem seu jardim secreto, a prova de uma intimidade inconfessável.

Eles fazem tudo para se encontrar, para se avistar. Cada ocasião é um pretexto para uma festa, cada festa é um pretexto para convidá-los, para convidá-lo.

É dia de Chandeleur*. Ela ainda está sozinha, nem sabe mais o paradeiro do seu homem. Sabe apenas que

---

* Festividade cristã celebrada em alguns países da Europa no dia 2 de fevereiro para marcar a data em que Jesus foi apresentado ao Templo de Jerusalém. (N.T.)

está sozinha e que enviou uma mensagem ao vizinho do segundo andar convidando-o para descer. A multidão chega ao loft. As garotas fazem crepes. Ele traz o champanhe. Não. Eles trazem o champanhe. Nessa noite, ele vem com a mulher.

A noite estava linda.

Qual é o assunto das pessoas nessas festas que varam a noite? A vida, é claro. Uma das garotas tinha terminado mais um curso de teatro. Passara a tarde simulando orgasmos, com os mais variados parceiros, homem ou mulher, bonitos ou feios. Elas começaram a fazer isso ali, sob o olhar assustado dos rapazes. E sorriram quando eles disseram que as mulheres nunca simulavam, pelo menos com eles.

– Comigo isso nunca aconteceu, senão eu teria percebido. Você sente quando uma mulher goza; se prestar atenção nela, não há como não ver.

(Sorriso.)

– E você teria percebido o quê?

– Que a mulher estava fingindo, é claro que eu saberia.

– Acredite em mim: nenhum homem é capaz de perceber se uma mulher está fingindo ou não. Nenhum, entendeu? Nem você nem ninguém. E eu não conheço nenhuma mulher – nenhuma, entendeu? – que nunca tenha simulado um orgasmo porque quer acabar logo com aquilo, porque está com sono e precisa dormir, porque quer ir para a academia ou só porque sabe que não vai gozar mesmo. Porque nesse dia está pensando em outra coisa, em um problema de trabalho, em algo que esqueceu de comprar para a festa de fim de ano, nas passagens de trem que ainda não reservou para as férias, enfim, porque naquele momento ela está lá fazendo amor, mas sua cabeça está em outro lugar.

– Ninguém pensa em comprar passagem de trem enquanto transa.

– Não, um homem não pensa em passagem de trem enquanto transa. Já uma mulher, não sei não.

Eles falam de política, de trabalho, de amor, do futuro, de tudo, de nada.

Ela se lembra de ter rido até chorar enquanto devorava um crepe de chocolate e banana com chantili. E ele não conseguia parar de olhar para ela. O desejo estava sempre presente, mas havia também outra coisa. Uma meiguice, uma doçura, um fascínio pela alegria de viver. Era mais do que uma simples atração.

No dia seguinte, uma das garotas lhe dirá que o vizinho do segundo andar olhava para ela de modo estranho. Ela responderá vagamente que não notou nada.

Ele está apaixonado.

Ela sabe. Ela viu. Mais do que nunca. Viu seus olhos faiscando, devorando-a como se devora uma estrela cadente que vai desaparecer a qualquer momento. Como se quisesse gravar na memória o menor sorriso dela, seus olhos, seu rosto...

Ela viu. E não foi a única a ter visto.

A mulher dele também viu. Ela, que não costuma estar presente, observa. E vê. Sai cedo. E pede ao marido para acompanhá-la. Nessa noite, ele não fica.

Na escada, sua esposa lhe dirá que ele está completamente apaixonado pela garota do andar de baixo. Que olha para ela como nunca olhou para outra mulher. Ele vai negar e tentar encerrar a conversa com um sorriso meio irônico, perguntando se ela está com ciúme. E, tomando-a nos braços, lhe dirá palavras de amor, tentando tranquilizá-la.

Nessa noite, pela primeira vez, ela viu. Ela soube. Prefere esquecer.

7.

Eles não esquecem. Existem altos e baixos. Há momentos em que não se veem, não pensam nisso. E há momentos em que só pensam nisso.

Sempre dão um jeito de se encontrar. Um domingo, ele os convida para almoçar num pequeno restaurante italiano próximo dali. Conversam sobre o futuro, sua maneira de ver a vida, seus sonhos. Eles pensam em morar em Nova York. Sua mulher quer voltar para sua cidade e montar um escritório lá. Ele quer cuidar da filha.

De repente, ela se sente angustiada. Seu pulso acelera, não consegue respirar direito e procura se acalmar para não dar na vista. Há um turbilhão em seu íntimo, ela participa mecanicamente da conversa, está confusa, sorri, fala, sente um bolo na garganta que cresce cada vez mais, quase impedindo-a de respirar, de se expressar. Tenta se controlar, sente-se ridícula, mas não consegue agir de outra forma.

Precisa parar de vê-lo.

Parar.

Precisa realmente.

Não está mais tomando pílula.

Quer ter um filho com seu homem. Ele vai para os Estados Unidos com a mulher e a filha.

Ela entra em pânico só de pensar em não o ver mais. A ideia de ficar longe dele é insuportável.

Ele viaja no dia seguinte de manhã. Não para Nova York ainda. É um compromisso de trabalho em outra cidade da França. Serão três semanas longe dela. Três semanas durante as quais ela se obrigará a esquecê-lo antes que eles se descuidem e sejam descobertos. Três semanas terríveis para os dois.

Eles vão se escrever. Não se falam por telefone. Não ainda. Os SMS rompem os últimos obstáculos que os separam da intimidade.

No início é um por dia, depois dois, dez. Logo as palavras se transformam em uma droga. Eles nunca desligam o celular, nem à noite nem de dia. Quando estão ocupados, ajustam o aparelho no modo vibrar para não perder nenhuma mensagem inspiradora. Vivem ao ritmo dessas palavras, cada vez menos inofensivas, cada vez mais pessoais. Aos poucos, ultrapassam os limites, fazem confidências, trocam beijos por escrito.

Ela começará. Um ano depois, ainda se recorda das palavras trocadas, de sua impaciência, das horas intermináveis em que esperava quando ele não podia responder...

"*Beije as marmotas por mim.*"
"*Um beijo de Montceau-les-Mines.*"
"*E um beijo da cidade mais bonita do mundo.*"
"*Estou no Lago de Genebra, tomando uma cerveja, e te beijo.*"
"*Por que você não me responde?*"
"*Não estou bebendo, estou trabalhando. Tim-tim!*"
"*Estou com uma funcionária do correio que tem um cachorro salsicha. Não vejo a hora de ler suas mensagens.*"
"*Ela é bonita?*"
"*Menos do que uma jornalista charmosa que eu conheço.*"
"*Você me escreve depois do jantar?*"
"*O que está fazendo?*"
"*Vendo televisão.*"
"*O que está assistindo?*"
"*Um programa idiota de Jean-Luc Delarue. Foi bom o jantar?*"
"*Foi ótimo!*"
"*Quando você volta?*"
"*Volto amanhã. E estou pensando em você.*"
"*Eu só penso em você.*"
"*Meu coração oscila entre uma sensação de pânico e uma leve impaciência.*"
"*O que você prefere: a trilha sonora de* Encontros e desencontros, *um almoço ou um beijo?*"
"*Prefiro um beijo.*"
"*Então, aí vai um.*"
"*Prefiro um beijo real.*"

Às vezes, ele desliga o celular, angustiado, devastado pela ansiedade quanto ao futuro, pela queda que se aproxima e é inevitável. É só isso que eles temem, nada mais pode segurá-los, embora saibam que não há saída, que haverá sofrimento e lágrimas... A atração, o sentimento e o desejo são mais fortes que a razão, nada pode destruí-los.

Eles estão na corda bamba. Enquanto brincam com as palavras, cambaleiam. É apenas uma questão de dias ou horas até que tudo caia por terra.

Na última noite, ele envia mais uma mensagem.
"Meu trem parou no meio do campo. E eu penso em você."
Ela não pode responder. Dessa vez, não se encontra sozinha. Está em casa com seu homem e uns amigos que vieram para jantar.

Horas depois, ela o vê entrando no pátio com a mala. Ele voltou, e assim termina o tempo das mensagens virtuais.

Estamos em 19 de fevereiro.

8.

A tubulação se rompeu. A água invade o apartamento da vizinha do fundo. Chocada, ela vê sua sala virar uma piscina. Não diz nada, não se mexe, não sabe o que fazer para acabar com aquele pesadelo.
Ela vem do loft trazendo um chá e algo para comer. Antes de entrar, já pressente a presença dele. Desde as últimas mensagens trocadas, não se encontraram ainda. Faz dois dias. Na véspera, ela o viu passar no pátio com a mulher e a filha. Notou que ele a observava da janela. Mas ainda não se falaram. Ela teme que a magia se dissipe.
Ele está no canto da sala, com os pés na água, procurando o telefone de um encanador. Mesmo de costas, sente a presença dela. Nesse instante, ambos percebem que a magia não vai acabar tão facilmente. E que, mais do que nunca, continuam se desejando.

Os dois ainda estão na casa da vizinha. Ainda precisam chamar um encanador. Mas são incapazes de pensar, de agir. Tudo o que sentem é essa vontade irracional de se tocarem.

Ela é a primeira a falar. Diz que tem a lista telefônica, que podem ir à casa dela e pegar o telefone do encanador. Logo voltarão para ajudar a vizinha. Eles saem em direção ao loft, sem falar. Ela lhe oferece um café, eles se devoram com os olhos, fingem que está tudo bem, mesmo sabendo que não está. Suas palavras não combinam com seus pensamentos.

Eles se tocam, ele a encosta contra a parede, roça sua boca, esforça-se para largá-la, para se afastar, quando só quer tomar seus lábios, saboreá-los, sugá-los, sorver sua saliva. Gostaria de fazer amor com ela ali mesmo, contra a porta do armário da entrada. Sua mulher o aguardava para jantar, seu homem estava em algum lugar do mundo. Ele queria transar com ela. Ali, naquele momento.

Os dois se separam, voltam para a sala e, pelas amplas janelas de vidro que dão para o pátio, veem a esposa dele na janela procurando-o. Ele grita que não deve demorar, só vai levar o telefone do encanador para a vizinha que está com a casa inundada e subirá em seguida.

Ele senta diante dela, de costas para a parede. Ela se acomoda no sofá, de pernas cruzadas. Eles se devoram com os olhos. Ele ainda sente o perfume dela nas mãos, o gosto furtivo de sua boca nos lábios. Os dois estão destroçados por essa atração incontrolável, só sonham em recomeçar de onde pararam. Ele murmura, com voz quase inaudível: "O que será de nós?".

Eles estão perdidos.

Estamos em 22 de fevereiro.

9.

Na véspera, ele voltou para casa arrasado. Sua única obsessão era não deixar transparecer o que sentia, como se tudo estivesse normal. Passou o domingo com a família, só pensando nela, mas ninguém percebeu.

À noite, ela o convidou para descer e tomar um drinque. Ele aceitou. O desejo que sentiam um pelo outro era insustentável, qualquer um poderia notar. Teriam de disfarçar no meio da multidão.

Ela convidou o mundo inteiro, imaginando que, quanto mais gente houvesse, mais ela poderia admirá-lo.

Mas ele não foi.

Ela pensou nisso a noite inteira. Agora está trabalhando no computador e tenta se concentrar, mas só pensa nele.

Passou a noite encolhida no sofá olhando pela janela. Os outros conversavam, bebiam, riam. Ela também, pelo menos se esforçava. Mas tudo o que queria era olhar pela janela.

Ela ainda não sabe que ficará horas, noites, semanas inteiras espiando pela janela. Queria vê-lo. Ele olhou para ela; estava colado à vidraça, de olhos fixos, espreitando-a. Não perdeu nenhum movimento, nenhum gesto dela. Viu-a sorrir, comer, beber. Notou que ela também o olhava. Os dois ficaram se espionando de um andar para o outro. Dias atrás, estavam separados por centenas de quilômetros. Na noite anterior, por apenas alguns metros. E era pior.

Ela ainda está na frente do computador. Hesita. Quer falar com ele. Pensa em enviar uma mensagem. A vida é uma loucura. Passamos anos tentando construir uma série de coisas para agradar aos pais, aos amigos, à sociedade. Comprar um belo apartamento, planejar um casamento, ter um bebê... E um dia tudo pode ir por água abaixo.

Ela tem um sobressalto.

Mensagem:
"Você tem e-mail?"

Ela lhe envia seu endereço de e-mail.

Mensagem dele:
"Assunto: beijo real.
Ontem à noite, resolvi ficar em casa, senão ia acabar te beijando na frente de todo mundo.
Para mais tarde: às 13h, no Fumoir, rue de l'Amiral--Coligny (atrás do Louvre).

De resto, continuo em pânico".

Resposta:
"Às 13h, meu coração oscila entre uma leve impaciência e uma sensação de pânico...
Quanto a ontem à noite, foi bom você não ter descido, eu não saberia como explicar isso ao pessoal do condomínio...
Espero que você tenha dormido essa noite... porque eu não consegui.
Sinto que começo a relaxar depois de dois dias de inferno...
Enfim, está cada vez pior. Tento ficar mais de um minuto sem pensar em você, mas é difícil. Talvez deva começar com trinta segundos".

Ele responde:
"Consegui dormir. Em compensação, mal consigo tocar na comida. Se não puder vê-la, não vou resistir".

O que ela recorda daquele almoço é que ele a convidou, chegou bem atrasado, tinha um novo cartão de crédito e não se lembrava da senha. Ela lhe deu o DVD de *A mulher do lado*, os dois cogitaram em dormir juntos, talvez fosse decepcionante, mas isso os deixaria mais calmos. Depois falaram do risoto, ele fez um cheque, ela nem tocou na salada, lembra-se dos olhos dele, ela usava seu casaco branco, ele a desejava e ela também o queria.

Eles conversaram, riram, com uma cumplicidade impressionante, como se já se conhecessem havia muito tempo, como se não fosse a primeira vez que se encontravam sozinhos, mas a centésima. Estavam bem. Extremamente bem.

Lembra-se de que contaram um ao outro suas primeiras sensações, ele queria saber em que momento ela sentira o desejo invadi-la, ela queria saber se ele sonhava com ela. Se ainda se recordava da festa de inauguração do seu apartamento ou do dia de Chandeleur. Os dois se deixavam levar pela emoção que os dominava. Estavam desesperados, não sabiam o que fazer, diziam que era uma loucura, um martírio, que todo mundo deveria viver a mesma situação. Chegaram até a imaginar que talvez tivessem vindo à Terra só para experimentar essa paixão.

Eles não conseguiam ir embora, pensavam na possibilidade de ficar amigos, mas achavam impossível, porque o desejo deles era irracional. Ele pegou a mão dela, ela fumava um cigarro atrás do outro, ele também.

Por fim, os dois saíram, porque mesmo sendo jornalista, após as 16h, precisa voltar para o escritório. Então se beijaram diante da igreja, mas não foi apenas um beijo; beijaram-se como se fossem morrer em seguida, como se fosse o último carinho, não conseguiam parar. Como se afinal pudessem respirar depois de meses em apneia. Eles se devoraram, saboreando-se.

Com toda a gula, avidamente.

Ela se lembra dos lábios dele colados aos seus, da língua invadindo sua boca, do desejo atiçando seu ventre. Lembra-se de tudo.

Eles poderiam ter feito amor ali, no meio dos arbustos em frente à prefeitura, no seu carro que estava no estacionamento, em qualquer beco do bairro, não se importavam.

Mas não fizeram nada.

Ela o deixou na estação Porte-Maillot.

Estamos em 23 de fevereiro.

10.

De: o.r@h&b-avocats.com
   Para: elle@yahoo.fr

24/2/2004 17h48

"Assunto: Guia das emoções

Definição de pânico, encontrada na internet:

Experiência com forte conotação corporal: são desconfortos causados pelo fato de reprimirmos uma experiência emocional ou uma preocupação importante.

O que é uma emoção reprimida?
É uma experiência com forte conotação corporal.

O que ela provoca?
Ela desvia nossa atenção daquilo que reprimimos, o que leva a um profundo mal-estar.

O que podemos fazer?
Decifrar essas reações: a ansiedade, o estado febril, a superexcitação, o nó no estômago, o bolo na garganta..."

11.

Talvez seja aqui que a história comece realmente.

A partir desse dia, eles vivem um para o outro. Só vivem para isso, para sua história. A partir desse dia, vivem juntos, embora não durmam na mesma cama. Só pensam um no outro, em aproveitar alguns minutos, alguns segundos. Tudo o que importa é que possam se ver.

De manhã, eles se espreitam. Ele a vê sair do loft, os dois se encontram no fim da rua, beijam-se apaixonadamente ao dizer bom-dia e beijam-se loucamente ao se despedir.

A partir desse dia, o celular deles não toca mais, só vibra. Eles passam a mentir, ele à esposa, ela ao seu homem. Aos poucos, mergulham numa vida dupla.

Nessa manhã, eles tomam o primeiro café da manhã juntos numa cafeteria da avenue de la Grande-Armée. Conversam sobre a vida, sobre eles. Olham-se. Ou melhor, contemplam-se.

Ele lhe conta suas escapadas na adolescência, ela lembra episódios do seu tempo de estudante, ambos falam de seus amores, decepções, tristezas e esperanças.

Nesse dia, eles ainda não se tocaram. Não sabem ainda. Com uma atração tão forte, imaginam como será bom fazer amor juntos. Mas não sabem ainda a que ponto.

Eles trocam e-mails... centenas e centenas de e-mails, a cada dia, a cada minuto, uma nova droga movida pelo desejo de se verem e se falarem. Tornam-se drogados, viciados, dependentes, alucinados.

Passam o tempo colados à tela, seja no computador, seja no celular. Quando os e-mails demoram para chegar, se eles não se falam há mais de cinco minutos, recorrem ao telefone. Para confirmar se o outro ainda está lá. Como se soubessem que isso poderia acontecer.

Nessa terça-feira, ela está inquieta, não consegue mais se concentrar, não consegue mais trabalhar, nem comer nem respirar. Os colegas a observam preocupados, querem saber o que está acontecendo com ela, por que está tão distraída.

Ela:
"Estou sozinha esta noite".

Ele:
"Se a sua intenção é me deixar elétrico, o e-mail "Estou sozinha esta noite" é imbatível.

A má notícia é que a voltagem aumenta mais rápido do que cai... Você gosta de dançar à beira do precipício?"

Ela:
"Você traiu sua mulher com a funcionária do correio na semana passada?"

Ele:
"1. Eu não traí minha mulher com a funcionária do correio.
2. Eu te adoro quando você faz perguntas como essa.
3. Eu te adoro quando você ri à toa e me beija.
4. Eu te adoro quando você age como zeladora e quando trata suas amigas como irmãs.
5. Vai ser difícil não te beijar quando eu passar em frente à sua porta esta noite... começamos o beijo no térreo e vamos parar no subsolo".

Ela:
"Acho que seria bem mais romântico fazer amor na escadaria numa temperatura de 15 graus negativos com a zeladora rondando e a vizinha do fundo querendo se suicidar porque seu apartamento inundou...
Vou rir à toa o tempo todo para que você me adore sempre.
Não, vou te beijar o tempo todo para que você me adore sempre".

A história deles já dura um dia.

12.

No subsolo, há um quarto só para ela. É aí que, nessa noite, os dois se tocam pela primeira vez.

Pouco antes, ela foi se encontrar com ele num restaurante no bairro de Montorgueil. Ele tivera um jantar de trabalho com algumas advogadas maçantes. E bebera champanhe.

Eles entram num barzinho badalado do quarteirão e pedem caipirinhas.

Lá pelas duas horas da manhã, o garçom avisa que o bar vai fechar.

Os dois saem e caminham de mãos dadas até a entrada do condomínio. As janelas do segundo andar estão apagadas. A mulher dele dorme. Ela abre a porta do loft, ele a segue.

Ele começa a beijá-la, murmurando o nome dela. Quantas mil vezes imaginou esse momento em que finalmente poderia tocá-la! O som de sua voz... Ela está doida por ele... Treme. Vibra. Seu corpo desperta como se tivesse ficado anos adormecido, como se fosse a primeira vez que fazia amor.

Eles descem ao subsolo. Haviam sonhado com isso. Era verdade: tinham vindo ao mundo só para fazer amor juntos.

A sintonia entre eles é tanta que o menor toque pode levá-los à loucura. Eles se agarram, se devoram, se lambem, se embriagam. Ele sorve sua secreção, ela engole seu esperma. Regala-se com a pele dele, seu suor... Ambos sabem que não podem viver sem se amar.

Ela o observa nu. Seu pênis está ereto, faminto. Ele não desgruda os olhos de sua vagina. Ela o contempla, tentando registrar todos os detalhes do corpo dele, cada arrepio que o percorre.

Ele a deita na cama, imobiliza-a, acaricia cada milímetro daquela pele, afasta suavemente as pernas dela, mergulha entre suas coxas, geme e a degusta várias vezes, sem pressa.

Ela envolve o pênis dele com os lábios. Acaricia-o com as mãos, contemplando-o, desejando-o. E o devora novamente.

Nessa noite, ele não a penetra. Nessa noite, não gozarão juntos.

São cinco horas da manhã. Ele vai embora.

Ela dorme nos lençóis encharcados com o cheiro deles. Ainda está molhada.

Ele dorme horas depois, ao lado da mulher. Continua excitado.

Estamos em 24 de fevereiro.

13.

25/2/2004 17h52
   "*Assunto: não sou um bom ator*

   Desde que cheguei ao escritório, só consegui trabalhar por exatos doze minutos. Aqui do décimo andar tenho uma bela vista de Paris, e ao longe vejo o parque Monceau. Para mim é difícil desviar os olhos desse espetáculo. Sinto a sua falta."

   Ela:
   "*Está cada vez pior... Só vamos nos ver amanhã.*
   Não posso imaginar como serão minhas noites sem te beijar".

   Ele:
   "*Não pude ver* A mulher do lado *porque esqueci os fones de ouvido.*
   Minha mulher me disse que eu falei a noite toda. Fora isso, tudo bem. Estou à beira da agonia. Há uma luz sobre Paris... Ideal para fazer amor ao relento.
   Eu só sonho com você".

Ela:
"*Não, assim não dá. Olhe para mim... Em vez de sonhar, é melhor você ver* A mulher do lado... *seja como for.*
Pode parar de sonhar, minha conferência terminou. Encontre-me na estação Porte-Maillot em dez minutos".

14.

A música faz as paredes tremerem.
O lugar é incrível! Um loft de 350 metros quadrados. A claraboia no teto se destaca a dezenas de metros de altura. Nas paredes brancas desfilam imagens projetadas de atores americanos de novelas e seriados.
Há mais de cem, talvez duzentas pessoas tomando champanhe ao som de techno.

Ele tinha hesitado em levá-la. A festa foi na casa de um amigo, no centro de Paris.
"Francamente: tendo em vista o estado em que nos encontramos, com Barry White na trilha sonora, 2,5 gramas de champanhe nas veias e nossas bocas a menos de um metro de distância uma da outra, não acho que seria uma boa ideia. Quem poderia resistir?"

Ele tentou se imaginar dois dias sem vê-la. No fim, pediu-lhe para ir, apesar do champanhe, da música, da vontade que teria de abraçá-la, mesmo sabendo que não poderia tocá-la nem a sentir. Pelo menos poderia vê-la, conversar com ela.

São 21 horas. Eles passam no térreo para buscá-los, ela e seu homem. Ele está com a esposa e um amigo nova-iorquino. Chamam dois táxis. Um belo grupo de amigos trintões a caminho de uma festa no sábado à noite...
Ela entra com a esposa dele. As duas conversam sobre trivialidades, uma elogia os sapatos ou a bolsa da outra. Em poucos dias, os dois se acostumam com essa vida dupla. Sem o menor sinal de consciência pesada. Sem nenhum remorso. Nada.

O espaço está lotado de gente moderna e elegante... Ela só olha para ele, ele só olha para ela. Procuram ser cuidadosos. Desde que se beijaram, é a primeira vez que se encontram com outras pessoas.
Eles bebem. Seus olhos brilham. Ele discute com a esposa: ela nunca gostou de festas. Ela se afasta. Ele se sente livre. Mas ela está com seu homem.
Embora o amigo nova-iorquino não saiba da história, entendeu tudo. As pessoas são mais perspicazes quando estão na plateia.
Ele fala com uma moça loira. Ela sente ciúme, tem vontade de pegar a mão dele e ir para um lugar bem distante, onde não precise dividi-lo com ninguém. Ciúme absurdo. A história é absurda. O amor é absurdo.

Os dois continuam bebendo. São três horas da manhã. Eles se devoram com os olhos. Depois da primeira noite, já se viram mil vezes, mas não fizeram amor. O suplício tornou-se insuportável. Seu homem já foi. Eles estão sozinhos no meio de duzentas pessoas. Ou seja, sozinhos. Ela o atrai para o canto de um mezanino, um pouco distante dali. Começa a acariciar seu sexo. As pessoas ao redor continuam a beber, a conversar, a olhar para eles sem vê-los realmente. São cinco horas da manhã... Os casais surgem e desaparecem.

O desejo é obsessivo.

O amigo nova-iorquino é o único que fica até o fim. Os três saem juntos. Chegando ao condomínio, entram no pátio. Passam na frente da porta do loft. Está tudo apagado. Seu homem dorme. Ele não quer se despedir dela assim. Então, os três sobem ao segundo andar.

Seu amigo vai preparar um chilli na cozinha. Sua mulher e a filha dormem no fim do corredor... eles fecham a porta do quarto de hóspedes.

Ela o impede de tocá-la. Quer apenas que ele feche os olhos, não pense em mais nada, que agonize e morra de amor. Toma seu sexo entre os lábios suavemente. Ele geme e seu corpo estremece. Os dois tinham se esquecido de tudo e se refugiado num mundo onde nada nem ninguém podia alcançá-los.

Ele ejacula em sua boca. Ela não cansa de sentir o corpo dele se contorcendo cada vez mais. Ele está longe, em outro lugar. Por fim, retorna à terra.

Ela se serve de um prato de chilli.
Então se despede e vai dormir. Ao lado do seu homem.
Ele vai para o quarto da mulher. No fim do corredor.

Estamos em 28 de fevereiro.

15.

Eles vivem momentos de intensa felicidade. E outros de dúvida cruel. Passam de um estado a outro incessantemente.

Ele teme que a situação acabe mal, afetando a ele, ao companheiro dela, sua esposa, sua filha, seu belo apartamento, tudo. Às vezes, os dois imaginam que vão encontrar uma solução. Que deve haver uma solução. Mas não existe.

Nessas horas, não pensam em nada e se deixam levar por essa paixão fascinante. Perdem o controle, o discernimento e se recusam a ver qualquer coisa além do seu amor. O que fazer? Estão apaixonados. Só lhes resta esquecer a realidade até que sejam descobertos.

Deslumbrados, entregam-se de corpo e alma. Em poucos dias, já falam de amanhã, de depois de amanhã, do mês seguinte, de um futuro juntos. Vivem de modo mais acelerado do que os outros, seu tempo é mais curto. Há sempre essa urgência de se desfrutarem o mais intensamente possível, por receio de seu caso terminar. Rápido demais.

Eles se escrevem o tempo todo, não conseguem parar. As palavras traduzem seus sentimentos, que brotam vigorosamente.

No dia 2 de março, ela envia uma mensagem:
"Francamente, eu te adoro."
"Francamente, não tanto como eu..."
"Não tanto. Mais..."
"Só quero beijar seus olhos."
"Você quer se casar comigo?"
"Você quer se casar com um advogado divorciado e sem sentimentos?
"Eu quero me casar com um advogado divorciado e sem sentimentos e ir morar no fim do mundo."
"Quando você estiver pronta para abandonar seu loft, suas amigas e seus sousplats ao mesmo tempo..."
"Quando vamos fazer isso?"

Em 3 de março, ele escreve:
"Pensei em você o dia todo e a noite inteira, acordei pensando em você, tomei banho pensando em você, passei o cartão no metrô pensando em você, cumprimentei meu assistente pensando em você... Tudo o que eu quero é eliminar o espaço entre mim e você... Sinto sua falta..."

Ela responde:
"A vida sem você é interminável..."

Ele envia:
"*O que me deixa louco em você:*
Sua voz
Seu ardor
Seus olhos
Sua naturalidade
Sua língua
Seus gritos
Seu cheiro
Sua alegria de viver
Seu Smart
Admita que é demais para um só coração..."

"*Ah! Esqueci de dizer: você me deixa louco quando fala de política.*"

Ele envia:
"*Eu tenho uma vida romântica...*"
"*Desde quando você tem uma vida romântica?*"
"*Faz dez dias...*"
"*Acho que sou louca por você...*"

Estamos em 3 de março.

16.

São 9h57.
   Primeiro e-mail:
   "A ideia de passar uma tarde com você me deixou em transe no minuto em que acordei (7h47).
   Esta manhã, no Libé, C. Deneuve citando Marie Bonaparte: 'O trabalho é fácil, o prazer é difícil'.
   Teremos uma tarde difícil...
   Beijo-a lentamente".

   Eles se encontram em um café. Não se viam desde de manhã, estão com saudade.
   Os dois fugiram do escritório. O trabalho é um obstáculo. Tudo o que não contribui para uni-los é um obstáculo.
   Inventam desculpas, histórias, reuniões. Para a mulher dele, para seu homem, amigos, patrões, colegas. Para o mundo inteiro.

Eles estão no café esperando uma amiga que vai viajar e emprestar seu apartamento aos dois. Não tentam disfarçar. Estão ansiosos por pegar a chave. Ali, longe de tudo, poderão desfrutar sua intimidade sem que ninguém os perturbe. Já se acariciaram numa varanda, num cais, nas ruas de Paris. Numa cama, jamais.

Estão morrendo de desejo.

Anda não fizeram amor. Só pensam nisso, no momento em que ele vai penetrá-la, nesse instante de libertação.

Os dois anseiam pela chave. Quase não falam. Finalmente a recebem, olham-se, saem e caminham até o prédio em plena tarde.

Serão várias horas para se amar. Eles tentam se esquecer de que, depois, precisarão voltar para casa, para a realidade. O que importa é esse tempo em que vão ficar colados. Sem perder nada, sem desperdiçar nenhum detalhe.

A luz é suave. As enormes janelas envidraçadas revelam o céu entre as árvores. É um belo lugar para fazer amor. Ele começa a despi-la, lentamente, bem lentamente. Eles não têm pressa, não precisam mais correr, esperaram tanto por isso.

Ele tira os jeans e a blusa dela. Apalpa um dos seios, olha-o, acaricia-o, chupa-o, massageia-o, depois pega o outro e se delicia com sua pele assim como uma criança ao abrir os brinquedos na noite de Natal. Então tira a calcinha. Ela está nua. Fecha os olhos.

Ela só sente os dedos e a boca do amado deslizando em seu corpo. Ele explora cada recanto, deleita-se com cada vibração, lambe seu sexo e sobe para o ventre. Vira-a delicadamente e percorre suas costas, descendo até as nádegas, acaricia as ancas e desliza a língua nas dobras dos joelhos. Seu desejo é que ela desfaleça, se esqueça da vida. Ele se controla para não ser violento e machucá-la. Sua excitação é insuportável.

Ele se deita sobre ela. Ela quase não respira. Sente seu sexo se abrir para o dele. Ele a penetra. Uma lágrima escorre de seus olhos e ela é tomada por intensa emoção. O que está sentindo agora é tão forte que nunca poderá contar ou descrever para ele. Ela grita para não sufocar, porque é violento demais, precisa expressar seu júbilo.

Nesse dia, ela percebeu que dois seres podem se fundir em apenas um.

Ela gozou como nunca tinha gozado. Gritou até morrer, as unhas cravadas nas palmas das mãos, os dedos estáticos, e sentiu o esperma inundar seu corpo. Ele estremeceu, gemeu e gozou como jamais gozara antes. Naquele instante, para ela, a Terra podia parar de girar.

Ela o contemplará por muito tempo antes de conseguir falar.

Ele massageará as mãos dela até que possa movimentá-las de novo.

Estamos em 4 de março.

17.

Ele:

Assunto: amantes intermitentes

"*Hoje de manhã, senti seu perfume no corredor do prédio.*

No comment.
Ontem à noite, longa conversa com um amigo regada a conhaque. Daria tudo para te beijar."

Às 12h13, ele escreve:
"*Não aguento mais. Quero beijar seu pescoço e acariciar sua barriga*".

Ela responde:
"*Só mais 31 minutos...*"

18.

Eles estão jantando num restaurante moderno e aconchegante às margens do Sena. A luz é suave, seus olhares são meigos.

    Os dois falam de tudo, menos do lado desesperador da sua situação. Falam de trabalho, da vida. São muitas coisas para contar. Eles querem saber de tudo. Com quantas mulheres ele transou, com qual homem ela teve o melhor orgasmo. Como ela era quando criança, sua mãe, seu pai, sua vida, ela é bulímica, ele é sedento.

    Ela olha para ele, suas mãos se tocam, os dois precisam se controlar para não sair dali e ir fazer amor em qualquer lugar para satisfazer esse desejo insaciável.

    Estão assim mergulhados um no outro quando um homem sentado à mesa ao lado os interrompe. Dirigindo-se a ele, confessa como gostaria que uma mulher o contemplasse assim.

    Ele sorri. Olha para ela, com olhos marejados. Diz que a adora, ela o adora mais ainda, eles se adoram cada vez mais.

Ela rabisca num pedaço de papel:
"*Para mim, as pessoas dizem 'eu te adoro' quando não ousam dizer 'eu te amo'*".

Ele escreve, do outro lado do papel:
"*Para mim, as pessoas dizem 'eu te adoro' quando têm medo de dizer 'eu te amo'*".

Eles saem. Têm a noite inteira pela frente.

Estamos em 8 de março.

19.

No dia seguinte, ela envia a mensagem:
"*Assunto: algumas palavras de felicidade*

Para mim, o início do dia foi de sonhos. Pelo retrovisor, vi você se afastar. Minha vontade era sair do carro, correr e te beijar de novo, sem parar. Fecho os olhos e vejo você na minha frente ontem à noite, os olhos brilhantes. Tinha uma expressão tão feliz... Sinto falta do seu perfume... Beijo você até sufocar..."

Ele responde:
"*Para mim, o início do dia também foi de sonhos, e continuo feliz até agora... enquanto puder sentir seu perfume em minha mão, está tudo bem.*
Eu te adoro... acho que te adoro tanto que seria até capaz de não votar mais em Bayrou só por você..."

Ela escreve:
"Quero fazer amor com você
quero te ver dormindo,
te ver tomando café da manhã
te ver tocando piano
te ver tomando banho
te ver no restaurante
te ver na rua
te ver olhando o mar
te ver olhando sua filha
te ver me olhando
te ver gozando
te ver assistindo televisão
te ver lendo
te ver andando no estacionamento da Ikea
te ver me amando
te ver feliz
te ver outra vez..."

Ele responde:
"Se você gosta tanto de me ver olhando para você quanto eu gosto de te olhar, temo por nosso equilíbrio psíquico...
Se gosta tanto de me ver gozar quanto eu gosto de te ver tremendo de prazer, temo pelo desgaste de nossos corpos...
Se gosta tanto de me ver olhando minha filha quanto eu gosto de olhar minha filha, temo pelo fim do meu casamento...

Felizmente, existe a Ikea para me impedir de ir correndo para sua cama...
Beijo você até sufocar.

20.

A viagem dele com a família está prevista há semanas. Bem antes de os dois se conhecerem. Eles devem ir a Nova York para avaliar a possibilidade de se mudarem para lá. Sua esposa tem reuniões de negócios. Ele tem uma entrevista de trabalho numa empresa francesa.

É claro que a viagem ganhou um sabor amargo. Ela só pensa nisso: ele vai até lá para ver se pode viver a milhares de quilômetros de distância dela. Ele promete que não fará isso, que não quer mais morar lá. Ela nem consegue dormir de agonia.

Ela lhe pede que não vá, que cancele tudo. Ele diz que, se não for, terá de deixar a esposa. E não quer deixá-la, não ainda.

Ele lhe dá uma esperança. Vai tentar voltar mais cedo, alguns dias antes da esposa. Ela imagina as noites que poderão passar juntos... Visualiza o dia nascendo e o sol batendo no rosto dele.

A ideia da ausência é insuportável. Ela percebe que a dependência é enorme. Tenta se convencer de que precisa parar com isso antes que fique pior, antes que os dois se amem realmente. Eles já se amam.

    Os dois se encontram em um café. Ela leva no bolso a chave de um quarto particular. Só vive para esses momentos, mas nesse dia está distante, com o pé no chão. Está magoada.

    Ela decidiu abandoná-lo e pôr um ponto final nessa história que não vai levar a lugar nenhum. Resolveu fugir do sofrimento, das lágrimas, das queixas. E sente que, se eles não terminarem agora, não terminarão mais. Até chegarem ao fundo do poço. Ela pressente que isso pode acontecer, mas não sabe ainda que já é tarde demais.

    Sentada nesse café, ela olha para ele e se pergunta se terá forças para desistir de tudo. Pensa nela quando criança, em seu pai, que ela tem visto tão pouco, e começa a falar. Obriga-se a lhe dizer coisas terríveis, mas verdadeiras, coisas que nunca se disseram, como se, ao não serem pronunciadas, pudessem desaparecer. Ela afirma que ele jamais viverá sem a filha, que ela não conseguirá olhar para a menina depois de roubar seu pai, que ele carregará isso por toda a vida, os dois carregarão isso por toda a vida. Que é uma história de loucos, que estão loucos um pelo outro, dia após dia, que o amor é cada vez maior. Que estão perdidos e vão naufragar. Ela fala. Ele chora. Desesperadamente. Não consegue mais parar. A emoção é violenta. Ele chora porque vai perdê-la, porque não pode imaginar a vida sem ela, chora por sua impotência. Chora porque sabe que está abrindo mão de algo inestimável, que é com ela que quer viver, é com ela que queria se casar e ter um filho. Chora porque é tarde demais, porque perdeu o controle da sua vida e percebeu que, de alguma forma, ela não lhe pertence mais. Fascinada, ela olha para esse homem que chora, em plena cafeteria, diante da possibilidade de perdê-la.

Ela sai sem olhar para trás. Na rua, começa a correr para conter a vontade de voltar.

Mais tarde, ao anoitecer, ela está jogada no sofá quando o vê passar em frente à sua casa de cabeça baixa, o corpo curvado. Talvez ele ainda esteja chorando.

Ela sente a angústia aumentar, o coração dispara. Então se dá conta do que acabou de fazer. Percebe que está louca. Vê as horas passando sem poder dormir, pois só pensa em encontrá-lo de novo. Chora desesperadamente.

Ela nota que seu celular tocou duas vezes, em plena noite; era ele. Liga de volta, ele não responde.

Depois do almoço consegue falar com ele. Os dois se encontram no mesmo bar onde estiveram na primeira noite em que saíram. Ela lhe diz o contrário do que dissera na véspera. Palavra por palavra. Ele recorda que, no dia anterior, entrou em casa chorando, sua mulher o olhou, apavorada, ele explicou que só estava um pouco deprimido, pegou a filha nos braços e não a largou mais a noite toda.

E agora, ali está ele de novo na frente dela. Viera bem decidido a lhe dizer que ela tinha razão, não havia solução para o caso deles. Sabe que não deve ceder, mas sente que está cedendo, que é tudo o que mais deseja, que é incapaz de resistir, que sonha em se refugiar nos braços dela. Só quer esquecer aquelas horas insuportáveis em que achou que a perderia.

Eles entraram no condomínio e se esgueiraram pelas paredes do pátio, aproveitando a escuridão. Penetraram no loft como ladrões; as janelas do segundo andar estavam acesas. Sua esposa o esperava para arrumarem as malas. Os dois se dirigiram ao subsolo e fizeram amor. Ficaram embriagados de tanta paixão. Então voltaram a viver, a respirar livremente.
Nesse dia, eles constataram que não poderiam se separar. Durante muito tempo, nem tentarão mais.
Ele entrou em casa tarde, com o corpo e o coração inundados dela.
Ficaria uma semana sem vê-la.
Mas poderia ser pior. Talvez nunca mais a visse.

No dia seguinte, ele vai para o aeroporto. Passa em frente às janelas dela com a mulher e a filha. Ela ainda está dormindo.

Estamos em 13 de março.

21.

Eles nunca acharam que a distância ou a ausência pudesse separá-los. Ficaram até mais próximos.
Ele passou a semana toda ligando para ela, escondido nos parques de Manhattan. Ela passou a semana tentando sobreviver.
Ele e a esposa decidiram não se mudar para Nova York. Portanto, a história deles continua.
Eles saem sempre juntos de manhã, tomam café da manhã na avenue de la Grande-Armée, almoçam em Neuilly ou em outro lugar de Paris. À noite, voltam ainda juntos.

Ela envia:
"Assunto: JF procura parceiro para almoço voluptuoso

Tenho a sensação de estar num mundo de algodão... mas meu algodão me segue... portanto, ele pode me acompanhar a Bolonha para um almoço onde poderei mergulhar em seus olhos..."

Ele responde:
"*Eu sou seu... a qualquer momento, a qualquer lugar...*"

Eles detestam os fins de semana. Às vezes ele consegue escapar no domingo à tarde e eles vão namorar no Fumoir, o restaurante onde almoçaram juntos pela primeira vez.

Os dois mentem cada vez mais, ultrapassam os limites, arriscam-se corajosamente. Seu homem viaja bastante a trabalho. E eles vivem juntos, no loft, com as cortinas e as persianas fechadas. A mulher e a filha no segundo andar, eles embaixo, no térreo.

Não veem mais ninguém, afastaram-se dos amigos e dos parentes, de todos. Às vezes vão ao cinema, mas não param de se admirar no escuro, em vez de olhar para a tela. Quando vão ao teatro, ele passa o tempo contemplando-a, e ela ri como uma criança. A história deles é única. Toda noite, entram no condomínio esgueirando-se pelas paredes, temendo cruzar com a mulher dele, a zeladora, um vizinho ou um conhecido. Mas nada os impede de ficar juntos. Eles não se acham imprudentes. Estão impressionados com essa loucura.

Ela recebe:
"*Você gosta do Patrick Bruel, votou para os Verdes*[*] *e, apesar do seu gosto musical bem contestável e de*

---

[*] Referência a Les Verts, partido político ecologista fundado na França em 1984. (N.T.)

suas peregrinações políticas, eu me derreto, agonizo e me consumo suavemente...
Deve ser seu sorriso aliado à sua voz. Não, deve ser outra coisa..."

Eles se entregam à alegria de dormir colados um ao outro, não se largar mais, fazer amor com o nascer do sol. Ela acorda no meio da noite e envolve o pênis dele com a boca. Ele a desperta deslizando a mão entre suas pernas. Todas as noites eles acordam excitados. Fazem amor duas, três, dez vezes. Dia a dia, o prazer dos sentidos se intensifica. Ele pode possuí-la durante horas, atraído pelo seu odor. Não há nenhuma barreira, nenhum limite, nenhum pudor. Não há nenhum atrevimento. Eles são apenas um.

Quando a esposa dele não está em casa, é ela que vai para o segundo andar. Com olhar enternecido, ele observa as duas mulheres da sua vida dançando na sala. Eles põem a menina para dormir. A pobrezinha nem imagina o que acontece ao redor dela. Uma família absolutamente normal, só que eles vivem de cortinas fechadas e ela sai sempre na ponta dos pés antes que a babá chegue de manhã.

Ela:
"Eu vivi um momento maravilhoso... muito afetuoso, muito suave... isolado do mundo. Como se, de repente, tudo fosse simples..."

Ele:
"Realmente, foi de uma simplicidade e de uma ternura assustadoras".

Ela:
"Por que assustadoras?"

Ele:
"Assustadoras quando lembramos que só estamos juntos há 29 dias..."

Ela lhe diz "eu te amo", pela primeira vez, no meio da noite.
Ele lhe diz que a ama, pela primeira vez, numa manhã.

Estamos em 24 de março.

22.

É uma manhã igual a todas as outras. Eles pararam num semáforo vermelho em Porte Maillot. Ele deita a cabeça em seu ombro para se recuperar de mais uma noite longe dela. Então murmura o que ela ansiava ouvir havia semanas: que não consegue mais dormir sem seus braços, sem tê-la ao seu lado. Ele sussurra em seu ouvido que quer morar com ela. Ela fecha os olhos. Imagina um apartamento grande todo branco, com várias caixas e uma cama enorme. E sorri.
Ela chega ao escritório.

E envia a seguinte mensagem:
"Acabei de decidir,
Quero te ver todas as manhãs
Quero te ver todas as noites
Quero te dizer que sua barba está malfeita
Quero reclamar porque sua filha acordou antes de fazermos amor.

Quero fazer amor na Normandia quando sentir vontade
Quero ver você viver
Quero te deixar feliz até morrer
Quero viver com você
Quero te comprar tênis Gucci
Quero te ouvir reclamar porque não se compra tênis Gucci para uma criança
Quero te despistar no esqui
Quero cozinhar para você
Quero reclamar porque você não cozinha
Quero te amar
Para sempre, todos os dias, todas as noites
Quero você, apenas você".

Ele responde:
"Este é o mais belo convite à felicidade que eu recebi em minha curta vida.
Tudo o que desejo é mergulhar nela..."

A vida é bela.

Estamos no fim de março.

23.

A vida continua. Os dias passam. As eleições também. Eles votam juntos. Assistem às comemorações eleitorais juntos. Ela se pergunta como ele pôde votar em Bayrou. Ele debocha dela porque não aceita que alguém vote em Bayrou. Ela diz que a esquerda vai ganhar. Ele responde que ela está sonhando.

Ele escreve:
"Ontem à noite, a esquerda teve mais de 50% dos votos, é algo nunca visto na história da Quinta República Francesa.
Ontem à noite, você me deu mais de mil beijos, é algo nunca visto na história da Quinta República Francesa. Quando vai recomeçar?"

Ele discute cada vez mais com a esposa. Ela se afasta cada vez mais do seu homem. Todos sentem que alguma coisa está acontecendo, mas não querem saber o quê. Ela já cruzou com alguns vizinhos de manhã cedo, andando descalça na escadaria. Quando não queremos ver, não vemos.

Eles imaginam a agitação no governo.
"São 17 horas: ainda não há governo, continuo te desejando muito..."

"São 17h06: o governo cai às 19 horas. Ainda te desejo muito..."

"São 17h09. Fala-se de Villepin para ministro do Interior. Fecho os olhos e te vejo deitada, nua, a cabeça para trás, olhos entreabertos..."

"Felizmente, existe Borloo. Eu poderia ejacular em menos de vinte segundos na sua boca..."

"Pegue todos os senadores... e reúna-os na Câmara... Some todos os seus desejos... e multiplique por dez... Junte o desejo da estrela de segunda grandeza que transpira em sua calça de couro quando te vê... Multiplique ainda por dez... Depois acrescente um sentimento que vem do coração e que nem os senadores nem a estrela de segunda grandeza conhecem... E então saberá o estado do seu vizinho negligente que complica a sua vida..."

Eles passam cada vez mais noites juntos, e isso nunca é suficiente. Não suportam mais trabalhar, não suportam mais nada.

Ela escreve:
"*São 14h14. Sinto um imenso vazio dentro de mim. Já faz quatro horas que tive você em meus braços... uma eternidade. Eu adormeço diante do computador pensando em você... sonhando com a próxima noite, mais uma noite em seus braços, uma noite de ternura, de doce felicidade... É surreal dormir em seus braços, acordar no meio da noite, te pressentir, te acariciar, te beijar, te sentir despertar, sentir que ainda me deseja. É surreal..."*

Ele responde:
"*Quero tomar champanhe em sua boca... Quero dormir colado em você... Em quarenta minutos, vou colocar a mão esquerda em sua coxa direita e nós iremos para o paraíso mais uma vez...*"

Uma noite mágica. Ela está deitada no chão... Estão à luz de velas. As cortinas fechadas. Ele acaricia o sexo dela lentamente, o prazer aumenta, diminui, ela geme, se contorce, ele sente seu ventre vibrar, suas coxas tremerem, ela está próxima do orgasmo. Nem respira mais... está imobilizada pela intensidade do gozo. Ele a contempla. Está deitada, imóvel, as mãos paralisadas, os olhos fechados... ainda sente o gosto do sexo dela. Ela se aproxima dele... A noite mal começou, as velas continuam a iluminar o ambiente, seus lábios anseiam pelas bolhas do champanhe...

No dia seguinte, ele escreve:
"*Assunto: nossas noites são mais lindas do que os dias*

As velas inflamando suas pupilas, o barulho da máquina de lavar louça marcando o ritmo das nossas brincadeiras, seus quadris balançando ao som do "Le blues du businessman", o assoalho frio tão perto da sua barriga tão quente, a água que borbulha em nossas bocas ressecadas, e ainda sua respiração, seu cheiro e seus gritos que alegram minha alma de criança... nunca esquecerei nenhum detalhe desses momentos abençoados.
Eu naveguei entre um sonho acordado e um sonho dormindo. Naveguei entre a lua e o sol na madrugada. Flutuei em sua pele, agonizei em seus lábios, mergulhei na cavidade entre seus rins. Nessas duas noites, senti--me um menino mimado".

E então se separam novamente.
Ela vai esquiar, sem ele. Ele viaja para Londres, sem ela. Passam cinco dias distantes um do outro. Faz apenas algumas horas que ela saiu dos braços dele, e imagina os próximos dias, dias perdidos.

"*Estou desesperada.*
Não consigo imaginá-lo entrando em minha casa, abrindo minha porta, pegando suas coisas e saindo, como se esses momentos nunca tivessem existido.

Não posso imaginar que você não estará em meus braços nesta noite, nem amanhã, nem quinta, nem sexta, nem sábado, nem domingo, nem...
Não posso viver sem a esperança de sentir seu corpo nu sobre o meu. Não consigo explicar às pessoas ao meu redor por que meus olhos estão embaçados. Não sei o que fazer, nem o que dizer, nem onde encontrar uma varinha mágica que faça sumirem essas barreiras que me sufocam...
Só estou triste, muito triste."

A vida deles é assim. Bela, triste, com momentos de intensa felicidade e minutos de desespero... Eles pagam bem caro por essas emoções roubadas. Ela está desanimada: começa a não acreditar mais no futuro deles, ele lhe pede para não esmorecer.

O mês de março está terminando. Abril se aproxima. Eles têm as primeiras discussões. Passageiras. Ainda não encontraram uma saída. Há altos e baixos.

O que ela deseja é que essa agonia acabe, que eles partam. Ela quer terminar com seu homem. Ele quer abandonar a mulher. Mas se apavora com a ideia de perder a filha. Ele sabe que a esposa voltará para casa, em Nova York, a milhares de quilômetros. Sabe que ela levará a criança e que ele não a verá mais, ou bem pouco. Ele está dividido entre dois amores, os dois amores de sua vida, ambos igualmente intensos, dois amores fundamentais para sua existência. Sabe que terá de escolher. E a escolha é insuportável.

Assim, eles enterram suas angústias, seus medos, e continuam nessa rotina. Aceitam tudo só para não se separarem.

24.

Ele recebe a mensagem:

> *"Nunca lhe disse que você tem um charme incrível...*
> *um olhar irresistível,*
> *um sorriso indescritível,*
> *uma doçura...*
> *nunca lhe disse que você é tão comovente,*
> *tão sensível,*
> *tão agitado...*
> *nunca lhe disse que votar em Bayrou era um erro*
> *e que as pessoas perfeitas eram maçantes...*
> *nunca lhe disse que você é inteligente,*
> *que conversar com você faz as horas passarem...*
> *que beijar você me faz esquecer do tempo, do mundo,*
> *de todo o resto,*
> *nunca lhe disse que você descreve tão bem o amor,*
> *que suas palavras tornam a vida mais bela,*
> *que basta sua presença para eu ser feliz,*

nunca lhe disse que você tem um temperamento difícil, tão encantador,
nunca lhe disse que só de olhar para você tenho vontade de amá-lo,
que sentir você me dá vontade de fazer amor,
nunca lhe disse que você era tudo o que eu desejo na vida...
No entanto, eu jurava que já tinha lhe dito tudo isso".

Não, ela nunca lhe dissera isso.

25.

Faz algumas semanas que eles estão pensando em viajar por dois dias para ficar longe de casa, daquele pátio, daquelas janelas por onde vivem se vigiando. Já passaram horas espreitando o momento em que a luz se apaga, em que a luz se acende, para saber quando o outro se deita, quando se levanta. Os dois querem sair para não ter de passar mais um fim de semana organizando um jantar com seu homem, com a esposa dele, em que podem se ver e conversar, mas sempre atentos a cada gesto, a cada olhar que possa transparecer o desejo, a ternura, a cumplicidade e o amor que os unem. Depois do jantar, vão se beijar na adega e, sedentos, descem para fazer amor no quarto do fundo, enquanto os outros desfrutam os primeiros perfumes da primavera tomando aperitivos lá fora.

A vida deles é assim. Compartilhada. Durante a semana, ficam sozinhos, livres. Mas os fins de semana são insuportáveis, quando ela o vê passar com a esposa e a filha para fazer compras e ele a vê chegar com seu homem e ir dormir. Nesses fins de semana, às vezes são obrigados a fazer amor com seus parceiros, embora sem a menor vontade. Inventam mil desculpas para se ver: ora ela sobe para levar-lhe um limão, ora ele desce para buscar uma lâmpada... Nessas ocasiões, ainda, organizam várias festas e reuniões para ficarem juntos, mesmo que tenham de compartilhá-las com a família. Então, mergulham mais ainda nessa vida dupla e percebem que, aos olhos do mundo, são apenas vizinhos e amigos. Mesmo assim, é cada vez maior o número de pessoas que desconfia daquele relacionamento.

Eles não têm mais limite. Decidiram continuar fingindo para ganhar um pouco de tempo.

Ela recebe a mensagem:
"Para você ter uma ideia do meu progresso na matéria: Estou indo a Méribel para um fim de semana de esqui de verão organizado pela empresa (o pior é que às vezes eles fazem isso...).
Acabou de liberar um lugar na última hora, então vou com um colega que minha mulher só conhece de nome. Saio de trem na sexta-feira às 19h e volto no domingo às 22h30.
Minha esposa me perguntou: 'Posso ir junto?' (é a primeira vez que ela se interessa por esquiar). Minha resposta: 'Infelizmente, acho que só resta um lugar...'"
(então vem o remorso).

Lista das coisas a fazer e a não fazer neste fim de semana:
– levar as botas de esqui
– passar protetor solar no rosto
– não se bronzear de sunga na praia
– não telefonar com o barulho das ondas
– fazer amor suavemente, sem parar, o tempo todo...
Isso não deixa (quase) marca.

Estou ansioso para te beijar".

Eles não vão esquiar. A estação já terminou. Vão para Deauville, como todos os amantes que andam sobre os decks de mãos dadas, olhando o mar ao longe.
Os dois sonham com isso.
Eles não acreditam que vão ficar dois dias e duas noites juntos. Já passaram algumas noites, mas nunca um dia inteiro, do café da manhã ao entardecer.

Na estrada, os dois sorriem, falam, estão incrivelmente felizes. Têm uma capacidade incrível de deixar os problemas de lado. Reservaram um quarto em um dos hotéis mais chiques da cidade, no cimo de uma encosta, de frente para o mar. Um quarto imenso com uma cama enorme. Parecem um casal normal. Quase. Ele usa aliança, ela não. Um casal ilegítimo. No entanto, os dois são jovens para serem um casal ilegítimo.
Eles sorriem no elevador quando a moça do hotel explica onde ficam o campo de golfe, as quadras de tênis

e a piscina. Não ouvem, só desejam ficar sozinhos. A funcionária percebe e se afasta, sentindo que não é bem-vinda no momento.

Eles fazem amor, jantam à beira-mar. Dormem um pouco, fazem amor. Não entendem como conseguem se amar tanto. Ele lhe sussurra ao ouvido palavras que a deixam louca. Ela desfruta a presença dele, sua voz, orgulha-se de poder entrar no restaurante de mãos dadas com ele. Aproveita cada minuto e procura registrar tudo, caso ele decida partir algum dia.

Os dois não dormem muito. Por que dormir enquanto estão juntos, por que perder horas tão preciosas, tão raras? O dia amanhece, eles olham para o mar, ela salta na cama, pula sobre ele, ri, transpira a alegria de viver. Eles se esforçam para sair do quarto e ir à praia, almoçar na areia, caminhar na água... comprar um jornal...

Então voltam para o hotel. Faz algumas horas que não se amam.

O casal está elegante. Ela usa uma saia branca leve, saltos altos e um suéter preto que insinua o desenho dos seios. Ele está lindo. Descem para o bar e pedem uma taça de champanhe. Ele precisa telefonar para a esposa e ela, para o seu homem, o preço a pagar por dois dias de liberdade. Os dois ligam ao mesmo tempo. Quase podem se ouvir do outro lado do fio. A esposa dele está com seu homem, preparando um churrasco no pátio do prédio. Eles riem. Apesar de tudo, não deixa de ser uma situação engraçada...

Eles descem ao restaurante. É uma sala enorme em estilo vitoriano, toda iluminada... Há caviar, vodca, músicos russos, velas e um piano...

A sala se esvaziou, eles estão sozinhos, com exceção de alguns garçons. Ela pega sua taça de champanhe, ele a leva até o piano, começa a tocar, ela o contempla, sentindo as bolhas da bebida nos lábios. Seus olhos não se desviam dele, o som do piano os envolve, tudo lembra uma cena de filme, a vida é mágica, mesmo que pareça um clichê de cinema, ele em frente ao piano, ela diante dele...

Os dois voltam para o quarto, ele começa a beijá-la no corredor, continua na entrada, deita-a na cama, tira sua saia e a calcinha, contempla-a, acaricia-a, pousa a cabeça na barriga dela e dorme.

Enquanto ele dorme, ela contempla aquele rosto de criança descansando em seu ventre.

Ela o ama mais do que nunca.

No dia seguinte, eles sairão do quarto o mais tarde possível. Sabem que a hora de voltar se aproxima, o fim de um sonho realizado. Eles irão por Étretat e vão se perder nas florestas que circundam os penhascos, farão amor nos campos, em frente ao mar, tendo como únicos espectadores a relva que balança ao vento e as vacas. Jantarão em uma creperia, procurando esquecer que o tempo passa. Mais tarde, pegarão a estrada em silêncio. Ela vai deixá-lo na entrada, sem uma palavra. Ele tentará beijá-la, mas ela virará o rosto para esconder as lágrimas. Estacionará o carro sozinha e, na volta, as janelas do segundo andar já estarão apagadas e ela vai senti-lo espiando-a no escuro. Então vai se deitar ao lado do seu homem. As lágrimas escorrerão sem parar. Eles pagam muito caro por esses momentos roubados.

No dia seguinte, ele lhe escreverá:
"*Guardo em minha pele, em meu sangue, em minha cabeça a lembrança de cada minuto desses dois dias de paraíso. Ainda vejo o céu azul através da janela, o verde do campo de Étretat, a brancura da sua saia. Ainda sinto a suave curvatura do seu ventre e o doce calor da sua língua. Ainda sinto sua saliva misturada à minha. Ainda sinto seu cheiro em meus dedos. Ainda ouço sua respiração e seus gritos quando se entrega. Passei 54 horas ao seu lado, o tempo todo admirado com sua alegria infinita, sua generosidade sem limites, sua avidez de sentidos, o poder dos seus sentimentos. E tudo o que eu sinto é mil vezes maior do que aquilo que acabei de escrever em seis minutos*".

Estamos em 4 de abril.

26.

A vida continua. Ela acha que a situação não vai durar muito tempo. Começa a se impor ultimatos, sem saber se poderá cumpri-los. Ela se dá no máximo seis meses, não mais. Portanto, até 23 de agosto tomará uma decisão. Ainda está longe para se preocupar. Até lá, tantas coisas podem mudar...

Junho está próximo. Seu contrato termina no fim do mês. Ela se pergunta o que vai fazer da vida. Ele a incentiva a entrar na política, imaginando-se marido de uma ministra. Seu único medo é que, quando ela assumir o cargo, não tenha mais tempo para ele. Então sugere que ela espere dez anos para se candidatar, assim poderá desfrutá-la enquanto isso. Seguramente, ela ainda estará magnífica daqui a dez anos, e ele continuará desejando-a. Depois, gostaria muito que ela se tornasse ministra.

Os dois se afastaram tanto do trabalho que têm dificuldade de se ajustar. Ele também quer mudar. Então começa a procurar intensamente. Não é com a esposa que planeja o futuro, não é com a esposa que fala sobre suas dúvidas, seus projetos. É com ela. É para ela que ele conta que fará a primeira entrevista num escritório de advocacia onde gostaria de trabalhar. É ela que fica feliz, que o incentiva, que até lhe sugere mudar de emprego e de mulher ao mesmo tempo. Ele lhe diz que pode deixar a esposa, seu trabalho, seu apartamento, seus amigos e até o vinho tinto, se for preciso.

É para ela que ele anuncia que se demitiu do emprego e que já foi contratado em outro lugar. Ela está feliz por ele, mas triste por ela, porque sabe que a vida deles vai mudar. Ele não poderá mais se ausentar a tarde inteira, terão de encontrar outros momentos para se ver, será mais complicado...

Eles vão a uma cafeteria para comemorar. Ela lhe pergunta se, na infância, sua mãe lhe dava um presente quando tirava notas boas. Não, sua mãe não lhe dava presente. Ela cobre os olhos dele com a mão e coloca um pacote na mesa. Na família dela, as notas boas eram apenas um pretexto para agradar o outro. Ele lhe pergunta como ela faz para tornar a vida tão bela...

No dia seguinte, ele escreve:
"Você me enfeitiça, no sentido literal da palavra".
Ela pega o dicionário e procura o termo "enfeitiçar".
Eis a definição: "Submeter alguém à ação de feitiço; encantar".

Os dois continuam a passar as noites juntos, quando podem.

"Das 19h às 10h da manhã são quinze horas juntos, ou seja, novecentos minutos para esgotar nossas fontes de prazer. Será que isso é suficiente, levando em conta que precisamos:
– beber água com gás
– comer chocolate
– que você dê risada
– que você me conte os problemas sexuais de suas amigas
– que eu lhe conte minha vida
– que eu durma sobre a pele suave dos seus seios?"

Ele lhe fala de erotismo...
Ela pergunta:
– O que é erotismo?
Ele responde:
– O erotismo... somos você e eu...

E há noites em que não ficam juntos.
Ela sente a urgência da situação. Sabe que não pode durar. Sabe que ele vai escolher a filha, a esposa, seu casamento, a tranquilidade, a segurança, a sociedade. Sente que ele não terá coragem de jogar tudo para o alto. De imaginar outra vida.
Ela se lembra de uma noite, há bastante tempo, em que os dois chegavam em casa de carro e ela lhe disse,

sorrindo: "Mas eu sei como isso vai terminar. Você vai continuar tranquilamente com sua esposa e sua filha em seu belo apartamento. E eu vou perder tudo". Com os olhos enevoados, ele perguntou por que ela dizia aquilo. Ela dizia aquilo porque não acreditava em contos de fadas.

No entanto, eles sempre falam sobre os planos de viver juntos, no apartamento todo branco. Ela fala mais do que ele sobre isso, mas ele concorda.

Ele escreve:
"*Eu lhe mandei dez e-mails. Sem resposta.*
Você está jogando cartas?
Pensa em mim?
Está se informando sobre o divórcio?
Está com raiva?
Está chateada?
Vai telefonar para Arlette Chabot*?
Quanto a mim, estou trabalhando e pensando nos beijos que trocamos de manhã".

Ainda sem resposta.

Novo e-mail:
"*Não, já descobri o que você está fazendo: um tour pelas imobiliárias*".

Ela responde:
"*Por qual arrondissement devo começar?*"

---
* Jornalista francesa e comentarista política da atualidade. (N.T.)

Ele responde:
"*Pelo 6º, nas ruazinhas entre a place Saint-Sulpice e a rue de Vaugirard, ou o 5º, rue de Bièvre. Se possível, procure um apartamento grande, iluminado e tranquilo... Mas, se encontrar um duplex com terraço perto do Jardin du Palais-Royal por menos de 400 mil euros, também pode ser...*"

Alguns dias depois, eles estão no carro e ela pergunta:
– Então, quando vamos nos mudar?
Ele responde:
– Por que não me pergunta antes quando vou abandonar minha filha?
Ela o deixa na estação Porte-Maillot em silêncio. Está péssima. Mal chega ao escritório, o telefone já toca. Ela não atende. Também não responde aos e-mails. Nem às mensagens. Não responde a nada, a ninguém. Só precisa de um tempo para digerir a pancada.

Ela recebe:
"*Assunto: eu sei*
Eu sei que você não tem vontade de me escrever.
Sei que acha que nossa situação é absurda, frustrante, insuportável.
Sei que não podemos nos contentar com quarenta minutos de amor e dez mensagens por dia.
Sei que a ideia de nos vermos furtivamente no próximo fim de semana é simplesmente intolerável.
Sei de tudo isso e não sei o que responder a você...

A *não ser que tenho 28 anos e estou com medo do que vai me acontecer.*
Que você transtornou tanto a minha vida que já não sei como existir.
Que sinto terrivelmente a sua falta".

Ela continua sem responder.

Ele escreve:
"Assunto: SOCORRO
Eu sei também que você não vai me responder... E QUE ISSO NÃO É POSSÍVEL".

Estamos em 22 de abril.

27.

O fim de semana foi horrível. Eles deviam se ver. Não se viram. Ela esperou. Uma mensagem, um telefonema. Desesperadamente. Ela o viu passar para ir ao cinema com a mulher. Afundada no sofá, observou quando eles saíam. Na segunda-feira de manhã, ela chega ao escritório arrasada. Não quer falar com ninguém. Os colegas percebem que é melhor deixá-la sozinha. Ela está no limite.
 Ele liga. Ela escuta o toque insistente do telefone. Não quer falar com ele, nunca mais, ela o detesta. Ainda está magoada. Não quer mais nada.
 Ela só quer que tudo acabe. Que o sofrimento termine. Eles não se viram mais desde aquela tarde em que ela chorou muito. Já faz tanto tempo...
 Ele escreve:
 "Assunto: início da semana
 Vamos prolongar o inferno do fim de semana ou parar com isso?"

Ela responde que não vai acabar com o inferno do fim de semana, mas sim com a história deles, porque se tornou um inferno. Quer acabar com o inferno.

Ele escreve:
"Então quer terminar, porque sou incapaz de partir e você é incapaz de ficar.
No dia 23 de fevereiro, beijei seus lábios sabendo que isso traria sofrimento para os dois lados. Depois vieram outros beijos, outros momentos de felicidade que me fizeram esquecer de tudo.
Você despertou em mim sentimentos fortes demais para que eu possa esquecê-la. Estou muito inseguro para abandonar minha família hoje.
Perdoe-me".

Eles não se ligam durante o dia, não se escrevem à noite. Não vivem mais. Ficam o tempo inteiro pensando um no outro, sentindo que a dor é insuportável, que a sensação de vazio é terrível, fisicamente insustentável. Nessa noite, não dormem bem.

No dia seguinte de manhã, eles se cruzam na calçada. Abraçam-se loucamente e chegam à conclusão de que é impossível renunciar a esse amor.

Então eles vão tomar o café da manhã na avenue de la Grande-Armée.

Algumas horas mais tarde, ela lhe escreve:
"*Você me enfeitiçou.*
Sou incapaz de te ver sem te abraçar, sem te apertar até sufocar, sem te beijar até perder o fôlego, sem acariciar o teu cabelo.
Enfim, só respiro quando te encontro. Como se eu vivesse em apneia e, de repente, me injetassem oxigênio.
A vida com você é tão doce, tão bela, tão tudo.
Sou mais incapaz de ir embora do que de ficar".

Ele responde:
"*Assunto: assim é bem melhor...*
Só penso em você, na ternura infinita de seus beijos, em sua saia levantada até o alto das coxas... Parece que não fazemos amor há um mês..."

Estamos em 11 de maio.

28.

As estações mudam, a vida deles não. Continuam a se encontrar furtivamente, ele sempre passa as tardes na casa dela. Às vezes, ela cuida da filha dele. E ama essa criança mais do que deveria. Afinal, é filha do homem que ela adora, e ela a ama como se fosse ele. Cuida da menina durante tardes inteiras. Alguma coisa as une, ela descobre que seria uma mãe maravilhosa e tem uma paciência de anjo, o que não imaginava.

Eles se encontram nos fins de semana, fazem compras juntos quando os moradores resolvem fazer um brunch improvisado e aproveitam para se beijar debaixo de cada varanda do bairro.

Os dois vivem sonhando que os outros se ausentem para poderem se encontrar à noite.

O mês de maio está terminando. O período de férias se aproxima e ela não vai trabalhar. Porém, os dois não poderão viajar juntos, porque em breve ele assumirá seu emprego novo. Com isso, ela não terá o escritório para se refugiar. Parece que uma fase está terminando: ela nunca pensou tanto em terminar com tudo, ele nunca esteve tão hesitante.

Ela escreve:
"1 – Quando começa a trabalhar no emprego novo?
2 – Quando vai pegar seu cartão UMP*?
3 – Quando vai se mudar?
4 – Quando vai se casar comigo?
5 – Eu te adoro".

Ele responde:
"1 – Em junho.
2 – Nunca (ainda prefiro me manter no PS**).
3 – Quando eu encontrar um apartamento perto do Palais-Royal com terraço e quartos com isolamento acústico.
4 – Um dia (ainda não marquei a data).
5 – Sério?"

O aniversário dele está chegando, ela se pergunta o que poderia lhe dar de presente, algo que ele possa levar para casa. Decide comprar livros. Fica horas nas livrarias especializadas em direito ambiental, pois é nessa área que ele quer se aprofundar. Também reserva uma mesa em

---

* Union pour un mouvement populaire, partido de centro-direita da França. (N.T.)
** Partido Socialista da França. (N.E.)

um dos restaurantes mais bonitos de Paris, com vista para a torre Eiffel. Oficialmente, ele está em viagem na noite de seu aniversário; oficialmente, ela foi para a casa de uns amigos no fim de semana. Eles se encontram num café, cruzam com alguns amigos dele... Eles já sabem. Muita gente já sabe agora. Vão jantar. Faz três meses que estão juntos e nada mudou. Os dois vivem deslumbrados. Terminam a noite num quarto do hotel Lutetia. Os casos de amor secretos são sempre românticos. Eles passam mais uma noite fazendo amor nos primeiros calores do verão. Essa noite é uma amostra do que os aguarda nas próximas noites. Seu homem viajou, a esposa dele está em férias nos Estados Unidos. Eles têm oito dias pela frente. Oito dias e oito noites em que ninguém poderá incomodá-los. Uma eternidade.

    Eles desfrutam ao máximo aqueles momentos, como se soubessem que, depois, nada mais seria como antes. Há um sabor de desespero. Eles se atiram de corpo e alma nessa semana de vida ilusória... Depois viriam os períodos difíceis, as brigas, os rancores, os arrependimentos, as culpas. É bom nem pensar nisso. Esquecer a realidade.
    Durante oito dias, ficam os três juntos, ele, ela e a menina, oito dias de uma vida ideal tantas vezes imaginada. Ela prepara pratos simples, ele toca piano, ela conta histórias à garotinha, que não sai de perto dela. Ele as vê sorrir, as duas mulheres da sua vida. Ela lhes apresenta

o *tian* de legumes que é feito em sua casa, no Sul, e ele descobre que a filha adora berinjela: toda manhã, ela pega uma e leva para a cama deles, cujos lençóis ainda guardam o cheiro do amor.

À noite, eles contratam uma babá para poder ir à casa de uns amigos. Na volta, entram em casa na ponta dos pés para não acordar a menina. Eles tentam esquecer que aquela situação não vai durar. Acreditam nisso. Finalmente têm uma vida normal.

Ele escreve:
"*Por que nossos lábios se encaixam tão perfeitamente?*
Por que fazer amor nos parece tão natural e tão vital?
Por que meu único objetivo é tocar seu corpo?
Por que você conhece tão bem meus desejos?
Por que fico tão extasiado ao te ver gozar?
Por que o carinho não acaba nunca?
Como é possível que toda essa cumplicidade natural tenha nos envolvido tanto em apenas noventa dias?"

A semana passa bem depressa. A mulher dele está preocupada e liga para ele com frequência, até demais. Também lhe envia e-mails dizendo que não está bem, que o sente cada vez mais distante.

Nenhum dos dois se importa. Querem apenas aproveitar ao máximo esses oito dias. A esposa dele deve voltar no domingo. No sábado, eles vão jantar na casa de uns amigos. Chegam de mãos dadas, o que é normal para os outros, mas bem extraordinário para eles. Os dois não se desgrudam, jogam tarô, discutem, não querem pensar em nada, senão começarão a chorar e a gritar. Intimamente, contam as horas, sem dizer nada ao outro; sabem que não podem impedir a passagem do tempo. Gostariam de parar todos os relógios de Paris. É uma hora da manhã. Eles saem para uma balada e o tempo continua a voar a uma velocidade alucinante. São quatro horas da manhã. A mulher dele chegará às sete horas. Os dois voltam para casa em silêncio. Não há nada a dizer.

Faz oito noites que eles dormem juntos. Ela quer que ele permaneça ali, para aproveitar as horas que restam. Ele prefere subir e ficar sozinho. Precisa se preparar para retomar sua vida.

Ela fica no térreo, ele vai para o segundo andar. Não dormirão. Cada um em seu canto.

Algumas horas depois, ela ouvirá a mulher dele entrar. Mas não a ouvirá dizer ao marido que acha que algo está errado, não a ouvirá confessar que queria ter retornado um dia antes. Não a ouvirá explicar que não o fez porque tinha certeza de que flagraria a moça do térreo em sua cama.

Ela não vai ouvi-lo ficar em silêncio, pois está cansado de mentir.

Ela não ouvirá a tempestade passar. Não ouvirá nada. Só chora.

Uma página se vira.

Estamos em 11 de junho.

29.

Nada foi escrito. Nada foi dito. Nada foi esclarecido. No entanto, é nesse momento, com certeza, que os dois começam a se afastar.

Em primeiro lugar, porque a vida deles vai mudar, e isso acabará separando-os. Ou talvez já estejam cansados.

Mais uma vez, ele fica na casa dela por alguns dias. Oficialmente, está em Grenoble, a trabalho. Os dois têm tido sorte nos últimos meses, ninguém os viu. E os poucos que viram ficaram calados.

Nesse dia, é a babá da menina que os vê. E dá com a língua nos dentes. Aliás, é a primeira coisa que diz à esposa dele quando chega, à noite: em tom inofensivo, conta que viu o marido dela saindo da casa da vizinha à tarde.

Eles ouvem o celular vibrar no térreo, várias vezes.

Estão no subsolo. Ele pensa em tudo, menos no celular, que soa a distância. Os dois atingem o orgasmo, ele a chama de feiticeira com um sorriso carinhoso. Quando se recompõem, ele se lembra vagamente de ter ouvido o celular, talvez diversas vezes.

Ao consultar o aparelho, vê que há treze chamadas perdidas na tela. E mensagens. Mensagens de uma mulher alucinada que acaba de descobrir a verdade. Mensagens de uma mulher que quer saber se é real o que vem pressentindo há meses. Mensagens de uma mulher ferida avisando que, se ele não ligar de volta, irá pessoalmente buscar as respostas na casa da vizinha do térreo.

Eles estão no subsolo. Cuidadosamente, por precaução, ela sobe e fecha a porta à chave. Ele está sentado na cama, com a cabeça entre as mãos, sem saber o que fazer. Não tem coragem de ligar para a mulher nem de mentir. Está quase decidido a lhe contar tudo. Ela teme que ele faça isso, não que abandone a esposa, mas de que a abandone, a ela própria. Não há mais escolha. Uma fuga para o desconhecido, e os outros decidem por ele, já que ele é incapaz disso. Ela sonhou com esse momento, mas agora está apavorada. Sempre soube que teriam que terminar quando ele fosse obrigado a escolher. Então ela o aconselha a esperar, a mentir mais uma vez. Ele a ouvirá. Ela não ganhou a guerra, é apenas uma trégua.

Ele liga para a mulher e lhe conta uma história absurda de que o trem atrasou, ele perdeu as chaves e tinha um telefonema para fazer. Uma história tão sem sentido que ela custou a acreditar. Não contente, reclama que ele está diferente, distante. Ele concorda que anda ausente nos últimos tempos, que nem tudo está perfeito na vida deles, que quase não fazem amor. Ela chora, ele a consola um pouco. A tempestade passou.

Eles ficarão reclusos durante a noite inteira.

No dia seguinte, eles saem do cinema. Foram assistir ao filme *Casos e casamentos*. Parece brincadeira. Ele riu dos casais que permanecem juntos sem se amar, dos casais que optam pela comodidade. Mas não achou graça quando uma mulher, cansada, confessa ao amante que é preciso coragem para ser feliz.

Foi por isso que ele decidiu terminar com ela. Optou por ficar com a esposa, mesmo sem amá-la. Apenas por causa da filha. Entre outros motivos, por comodidade.

Pela primeira vez, é ele quem a deixa. Diferentemente das outras tentativas que fizeram, sem sucesso. Eles passarão o fim de semana juntos, como bons amigos, pois a esposa dele e seu homem organizaram um churrasco sem avisá-los. Passarão o fim de semana se olhando.

Na segunda-feira depois do almoço, ela vai procurá-lo no escritório. Então passam a tarde toda fazendo amor, rindo de sua incapacidade de terminar o relacionamento.

Era apenas mais uma ruptura.

30.

Nada mudou, porém ela percebe que ele está diferente. Que a sorte finalmente está virando para o seu lado. Ele começa a expressar seu desejo de morar com ela. Ela se surpreende ao acreditar que talvez isso seja possível, que afinal, contra todas as expectativas, ele consiga realmente desistir de sua vida atual para construir outra, mais feliz, com ela. A esposa dele se demitiu. Quer abrir uma empresa de consultoria. Ele acha que, se ela fizer isso, não irá embora se ele a deixar. Ele lhe pede para ter paciência e esperar até o fim de agosto.

É a primeira vez que ela o ouve dizer que vai romper com a mulher, que dali a cinco anos se imagina casado com ela, com um filho dela... Ela teme acreditar nisso, mas gostaria muito de ter esperança.

O mês de julho corre bem, a vida é bela, é tempo de férias. Eles fizeram de tudo para não viajar. Ela alegou que precisava procurar trabalho; ele, que não podia tirar folga no novo emprego. Eles conseguiram controlar os prejuízos. Ela vai para Londres com seu homem. São dias intermináveis. Os dois passam o tempo todo se ligando e trocando mensagens. Ele viaja para o Sudoeste com a esposa. Eles continuam a se escrever e brigam bastante. Não conseguem suportar a distância.

    No final de julho, ela recomeça a trabalhar. Assim, pode voltar a justificar suas ausências e ele continua a inventar suas viagens. Eles descobrem alguns hoteizinhos parisienses perto do Jardim de Luxemburgo, onde passam grande parte de suas noites de amor. E nessas andanças encontram vários restaurantes meio escondidos que lhes permitem jantar e se amar com tranquilidade. Ela vai sem calcinha debaixo da saia, só para ele poder acariciá-la em qualquer lugar.

    Os dois se encontram cada vez mais nos fins de semana. Então ficam no apartamento vazio dos pais dele, que estão em férias na praia. Dormem no quarto que ele ocupava quando criança. Durante a semana, ligam um para o outro doze vezes por dia. Toda noite, tomam aperitivos no pátio do prédio e, na hora de dormir, relutam em separar-se.

    Eles jogam tênis, aproveitam o verão. Andam de mãos dadas, sem destino, pelas ruas de Paris. Gozam nos bancos públicos.

    O mês de julho termina, chega agosto. Quase seis meses. Ele lhe pedira para esperar até o fim de agosto. O prazo se aproxima e ela sente a angústia aumentar. Às vezes, tem certeza de que ele vai assumi-la; outras, jura que vai continuar com a esposa. Então desanima.

Ela não se lembra muito bem por quê.

Tudo estava bem, os dois continuavam trocando mensagens amorosas o dia inteiro. Só se lembra de que, aos poucos, ela começou a ficar intransigente e a pressioná-lo propositalmente. Os e-mails tornaram-se cada vez menos carinhosos, mais amargos. Ela lhe escreveu que o desejava. Que não queria mais fazer amor às escondidas. Lembra-se de ter ido buscá-lo no escritório. E de ter dito a ele que fosse à merda, que devia ir para casa de metrô, cancelar o tênis, cancelar a vida deles. Ela o odiava, queria bater nele. Era como se seis meses de violência contida explodissem dentro dela.

Ele respondeu:
"*Faz seis meses que eu te amo. Seis meses que luto para não a deixar, porque te amo. Seis meses que não posso abandonar minha filha. Não sei como os outros pais conseguem se afastar dos filhos. No dia 23 de fevereiro, senti que estávamos encurralados. Depois disso, fiz de tudo para esquecer que havia essa barreira. E, hoje, não aguento mais. Não posso ir embora.
Então, vá você.
Eu te amo desesperadamente*".

Ela não respondeu. Nem telefonou para ele.

Horas mais tarde, ela está em casa. Seu homem chega. E ela compreende que tudo acabou. Que vai deixar os dois, no mesmo dia. Vai se libertar, se reencontrar. Diz a ele que quer terminar tudo, que não sente mais nada por ele. Chora ao vê-lo chorar, chora pelos quatro anos de amor destruídos. Arruinados, jogados no lixo. Chora por essa história que foi tão bonita. Pelo casamento cancelado, pelo filho desejado, embora por tão pouco tempo. Por essa vida construída a dois que ela estava desprezando a troco de nada. Ela lhe diz que precisa pensar, avaliar a situação. No fundo, sabe que não há mais nada a dizer, é tarde demais. Sabe que foi derrotada.

Ela perdeu seus dois homens. E chora pela vida tão encantadora que não soube preservar. Chora por ter jogado e perdido. Chora por magoar esse homem tão perfeito que ela amou, de quem não há nada a censurar. Um homem tão honesto, tão correto, que não merece sofrer, que não consegue entender o que aconteceu.

Ele lhe diz que ela era a mulher da sua vida. Ela não o ama mais. Seria tão fácil voltar atrás, deixar que ele a consolasse, esquecer pouco a pouco essa história louca que não levou a lugar nenhum. No entanto, sabe que precisa ir embora, não pode continuar fingindo e mentindo para ele. Sua única necessidade, vital, urgente, é se recompor, parar de sofrer, respirar fundo. E só depois pensar em sua vida. Mais tarde.

Isso aconteceu há apenas seis meses. Seis meses. E ela nunca saberá por que se descontrolou naquele dia. E não na véspera ou no dia seguinte. Ela agiu sem refletir, sem saber exatamente por quê. Como se tivesse atingido seu limite. Como se não aguentasse viver nem mais um dia a situação que suportava havia seis meses. Seu homem sai para espairecer.

Ela está no pátio do prédio, o rosto banhado em lágrimas, fumando um cigarro atrás do outro, bebendo sem parar. Então o vê passar, de cabeça baixa. Ela o chama e ele se aproxima. Ela lhe conta que acaba de terminar com seu homem, ele lamenta, diz que sentia que alguma coisa estava acontecendo, não sabia por quê. Ela lhe pede um abraço. Ele fica imóvel.

Às vezes, a vida é bem cruel. Certamente, é a primeira vez que ela precisa dele, é a primeira vez que lhe diz que precisa dele. E ele nem se move. Como se o fato de vê-la sofrer lhe mostrasse aquilo de que escapou por pouco. Como se temesse que aquele sofrimento o contagiasse, como se soubesse que não queria passar por isso. Queria evitar a qualquer custo aquelas lágrimas que via no rosto dela. Ao vê-la ali arrasada, ele percebe que escapou do pior. Quase poderia suspirar de alívio.

No fim, aproxima-se dela e a abraça a contragosto. E diz a ela que, dessa vez, tudo acabou mesmo. Como se quisesse se convencer disso. Como se quisesse se distanciar dela e de seu rosto marcado pelo sofrimento, pelo medo, pela mágoa. Ele a abraça, se afasta e vai para casa. Queria correr para salvar a pele.

    Ela permanece ali sozinha, fumando e bebendo compulsivamente. Em sua mente, há apenas um buraco negro enorme. O pânico a domina diante do desconhecido que a espera. Tinha se entregado durante seis meses. Ela se conhece bem: está destruída.

    Estamos em 16 de agosto, segunda-feira.

31.

Esse é apenas o início do inferno.

No dia seguinte, ela vai em busca de soluções para sua vida. Instala-se na casa de amigos para relaxar, dar um tempo, refletir sobre o futuro. Está arrasada. No escritório, trabalha automaticamente, sem se envolver com nada. Gerencia as urgências, tentando dissimular seu estado. Em seu íntimo há um vazio. Seus sonhos, emoções e sentimentos foram destroçados, espezinhados. Não resta nada.

Algumas horas depois do rompimento, seu homem entra na caixa de e-mails dela e descobre as mensagens trocadas com o vizinho. Então compreende o verdadeiro motivo do seu afastamento. Faz seis meses que sua amada o trai debaixo de seus olhos e ele nunca percebeu nada. Compreende sobretudo que não é simplesmente um caso de atração sexual, mas uma história de amor. Que aconteceu ali, debaixo do seu nariz, sem que ele visse nada. Lembra-se de ter pressentido algo estranho várias vezes, mas não quis saber o que era. Lembra-se de vê-la trocando dezenas de mensagens como se isso fosse normal, sem perceber que era observada. Ele nunca disse nada, convencido de que estava errado. Queria tanto estar errado...

Ele não entende. Ela sabia que ele não conseguiria entender que não podemos controlar tudo, que existem certas tentações que nos arrastam e emoções que temos de suportar. Não há como resistir.

Chega o momento das questões impossíveis. Ele quer entender o que aconteceu, e tudo o que ela lhe disser só servirá para aumentar seu sofrimento. Ele lhe pergunta o que o outro tem a mais do que ele. Como explicar o inexplicável? E quer saber também se o outro era melhor na cama. Como comparar o incomparável?

Ele lhe pede uma segunda chance. Mesmo ferido, traído, ainda está disposto a perdoar. Imagina que poderiam reconstruir sua relação, uma tarefa difícil, longa e dolorosa, mas que talvez tenha sucesso. Apesar de tudo, ainda acredita nisso. Ela, por sua vez, não acredita mais.

Ela revê seu amor. Mal as lágrimas secam, eles se reencontram. A esposa viajou para a Inglaterra. Seu homem está distante. E os dois voltam a passar as noites juntos, demonstrando, mais uma vez, uma capacidade incrível de esquecer o resto do mundo. Agora ela sabe que ele nunca vai sair de casa. Por isso decidiu desfrutar mais um pouco seu amor, seja como for. É como se estivesse drogada: não tem forças para se distanciar nem para respeitar as promessas que se faz quando entra em crise. Ela sabe que ele

não merece seu amor, que é ele quem deveria se recusar a vê-la, já que decidiu viver sem ela. Sabe também que é absolutamente egoísta e que, se a amasse de fato, deixaria que ela seguisse seu caminho e refizesse sua vida. A esposa dele volta no dia seguinte. Eles dormem juntos uma última vez, uma última noite. Compraram champanhe, salmão e prepararam um jantar à luz de velas.
Pela manhã, ela se levanta e vai embora. Há muitas coisas para reorganizar. Ele a deixa partir.

Sua mulher chegará dentro de algumas horas. Durante três dias, ele ficará mudo, incapaz de pronunciar uma palavra. Trancado em seu sofrimento. Ela descobre que a moça do andar de baixo terminou com seu homem. As dúvidas continuam. Ela espera, ele não diz nada. Só olha pela janela, pensativo. Dias depois, num impulso, ela resolve descer para tirar tudo a limpo. Então conversa com aquele homem ferido que era tão feliz quando o conheceu. Ela lhe diz que seu marido está mudo há três dias, que ela sente alguma coisa estranha no ar e pergunta se ele sabe. Então ele conta. Tudo. E lhe mostra todos os e-mails em que seu marido escreve para outra mulher que a ama profundamente há seis meses e que, se não fosse pela filha, já teria ido embora com ela. Ela lê as mensagens em que o homem com quem se casou há apenas dois anos diz a outra mulher como a deseja, como precisa vê-la, senti-la, tocá-la. No fundo, já pressentia isso.

Eles passam a tarde juntos, o homem abandonado e a mulher traída. Recapitulam as lembranças, os fins de semana em que os dois se encontravam sozinhos, as mentiras que, agora que sabem, saltam aos olhos. Falam de suas dúvidas e da raiva que sentem daquelas duas pessoas que eles amaram tanto e que, no fim, os traíram. Embora estejam muito magoados, no fundo têm muito medo de vê-los partir.

Ela liga para o marido e lhe diz que nunca mais quer vê-lo. Avisa também que comprou duas passagens para Nova York, no próximo voo. Ele tinha razão. Ela vai embora com a filha.

Ele escreve:
"E o mundo caiu".

Estamos em 24 de agosto.

32.

O inferno continua. Os dias que se seguem são repletos de crises, lágrimas, telefonemas de ambos os lados, histeria, choro e rancor. Sua esposa, é claro, não viajou. Ela só quer uma coisa: manter seu marido, acreditar nele quando disse que perdeu a cabeça, que não sabe por que fez isso.

Ele lhe garante que podem reconstruir seu casamento, voltar a se amar, que no fundo nunca deixou de amá-la, ele que dizia não mais amá-la. No fundo, morre de medo de que ela vá embora com a filha. Está disposto a passar por cima de tudo, renunciar aos sonhos. E renuncia.

Para salvar a pele, ele dá a última punhalada naquela que dizia amar. Sua esposa está na frente dele, esperando. Ele pega o telefone e liga para aquela que até a semana passada era sua amante e, acima de tudo, o amor da sua vida. Então lhe diz que se arrepende de cada minuto que passou em seus braços. Ela tem certeza de que a esposa está ao lado dele, escutando atentamente cada palavra. Tampa os ouvidos para não ouvir, para não se lembrar disso, tem certeza de que não é verdade, ela sabe, e nada nem ninguém poderá convencê-la do contrário. Ela tampa os ouvidos para não morrer, para esquecer que ele está disposto a espezinhá-la para salvar a própria vida.

No dia seguinte, ele escreve:
"Nunca esquecerei o que vivemos e sentimos.
Jamais esquecerei a intensidade com que nos amamos.
Nunca te esquecerei.
Eu te desejo uma vida linda e maravilhosa, meu amor".

Nada mais importa.
Mas ele vai continuar. No ritmo de suas crises conjugais. No ritmo das ameaças da mulher, ele humilha uma para tranquilizar a outra. Ela finge que não se importa. Está triste e insegura. Sente medo do desconhecido, do irreversível, perdeu seu homem, seu emprego, seu apartamento. Não tem forças nem para entrar em pânico. Ela recebe mais um e-mail, repleto de arrependimentos, amargura, agressividade... mas ele logo muda de tom.

No dia seguinte, ele escreve:
"O e-mail que lhe mandei ontem é totalmente absurdo: você é a coisa mais linda que já me aconteceu".

Ela não se interessa. A única coisa que importa é que ele a abandonou. Procura pensar apenas em si própria, mas só pensa nele. Sabe que precisa refazer sua vida, vender esse loft que adorava, deixar definitivamente o homem que tanto amou. Trocar essa vida que conhece tão bem por outra que nem imagina. E morre de medo de errar outra vez.

Ela se encontra com seu homem. Ele quer que ela volte. Os dois passam a noite juntos.

No dia seguinte, ela escreve:
"Então, seria naquele dia. Mais uma vez, ela arrumava a mala. Quantas vezes fizera isso nas últimas semanas! Já se tornara um hábito. Duas ou três calcinhas, um livro, uma saia. Ainda acrescentou algumas miudezas. Afinal, talvez fosse verdade que ela era louca.
Ela estava atrasada. Aproximou-se da vidraça para fechá-la. Não pôde evitar olhar para cima, para aquelas duas janelas que ficara tanto tempo observando, espionando, vigiando obsessivamente.

Ela sabia que aquela não era uma manhã qualquer.
Lembrou-se do que havia dito a ele, bem no início da relação, quando ainda era feliz.
Ela dissera: 'Eu já sei como isso vai terminar. Você vai continuar tranquilamente com sua mulher e sua filha em seu belo apartamento com piso de madeira e decoração de revista, enquanto eu vou perder tudo...'
Ele fizera beicinho.

Então, ela tinha razão. Na época, quase se culpou por ter dito isso. De certa forma, era como uma premonição, uma evidência. Como se ela finalmente tivesse se identificado com todos os casos de amor... Quanta banalidade...
Ela ainda olhava pela janela. Na noite anterior, ela e seu homem haviam se encontrado e tentado se reconciliar... Ele a abraçara. Ela consentira, mas, quando sentiu a língua dele em seus lábios, percebeu que era tarde demais. Não havia nada a recuperar. Precisava ir embora.
Eles tinham dormido. Nus. Ele a desejara. Ela não sentira a menor atração por ele. Não conseguia mais fingir como antes. Sabia que havia outra coisa, ali perto...
Seu homem fora embora, e ela não fizera nada para retê-lo.

Então, naquela manhã, ela percebeu que algo mudara. Pegou a bolsa, fechou a porta, checou a correspondência da véspera, que ainda estava na caixa de correio. Havia apenas um envelope grande do hotel Barrière. Deauville... A vida às vezes nos prega peças...

Ela olhou para cima uma última vez. Nada. Entrou no Smart e colocou seu disco preferido. Não Delerm ou algum outro cantor francês... Não, algo mais alegre, uma mistura de rap e soul...

Ligou o carro e saiu. Então começou a chorar. Finalmente. Na segunda-feira, anunciaremos a venda do loft. Um beijo".

Estamos em 4 de setembro.

33.

No dia seguinte, ele lê o e-mail dela.
 É um domingo de setembro. Ele acaba de chegar ao escritório. Faz qualquer coisa para não ficar em casa. Para fugir daquela mulher que não quer ver, com quem não quer mais viver.
 Ela também está no trabalho. Está pegando um café na máquina e conversando quando seu celular toca. Ela só ouve alguém soluçando muito, mal conseguindo se expressar. Então percebe que é ele; parece descontrolado, incapaz de respirar, de falar. Ele acaba confessando que sua vida está um inferno, que não aguenta mais, quer se separar, não suporta viver sem ela. Ela fica impassível. Quanto tempo havia esperado aquelas palavras! Mas agora era tarde. Já se preparava para construir uma nova vida sem ele.
 Ela estremece ao simples som daquela voz. Ele faz dela o que bem entende: a rejeita e a reconquista, a abandona e a agarra com um dedo. Ela diz sim. A tudo o que for preciso. Diz sim porque é incapaz de dizer não, incapaz

de culpá-lo por suas fraquezas, por seu egoísmo, incapaz de reprovar suas lágrimas, seu sofrimento, essa sensação de estar arrasada.

Ela estava começando a se afastar.

Os dois conversam. Como se nada tivesse acontecido. Como se nada pudesse destruir aquela cumplicidade. Falam para recuperar as duas semanas de silêncio. Ele a ama desesperadamente. A esposa dele está vasculhando os extratos bancários para descobrir quando eles se viam, onde se encontravam. Ele não vê a hora que tudo isso acabe, só quer viver com ela.

Ele garante que vai falar com a esposa, não sabe quando, mas vai. E que não suporta ver a mãe de sua filha sofrer; ele sabe que ela vai embora, mas não pode continuar mantendo um casamento sem amor. Ele se acalma um pouco, recomeça a chorar, sorri.

Então lhe diz que ela é a única pessoa que o faz rir e chorar ao mesmo tempo.

Além disso, confessa que está pronto, sabe disso, sente isso. E não vai se arrepender mais, fez de tudo para salvar seu casamento, mas não consegue. Não aguenta mais. Tudo o que deseja é viver com ela, dormir em seus braços, vê-la sorrir de manhã, fazer amor com ela. É só uma questão de dias.

Ela acredita nele.

Mas está errada.

34.

A farsa dura duas semanas. Nessas duas semanas, ele lhe diz todos os dias que vai deixar a esposa. Mas não a deixa. Pela primeira vez na vida deles, ele a engana, fazendo-a acreditar num futuro em que nem ele acredita. No fundo, já sabe que não vai assumi-la. Não tem coragem de admitir que foi um momento de fraqueza e que é impossível voltar atrás. Não sabe como lhe contar que vai abandoná-la mais uma vez, fazendo-a chorar e sofrer novamente.

Um filme horrível de segunda classe. A história deles torna-se sórdida. E ela imaginava que seria linda para sempre.

A esposa dele aceitou. Ela compreendeu que o marido não a amava mais e que a filha era a garantia de seu casamento. E está disposta a tudo.

É sábado à tarde. Ela está ao telefone, deitada numa espreguiçadeira em frente ao loft que conseguiu recuperar por alguns dias. Aproveita os últimos raios de sol de setembro. Acaba de sair da casa dele, onde fizeram amor no sofá. Mais uma vez, ele lhe prometeu que tudo se resolveria.

    A esposa dele chegou sem que ela percebesse. Mas agora a vê descer com a filha no colo. Ele a segue, de cabeça baixa.

    Eles chegaram ao fundo do poço. Ela não tem força nem para reagir. No fundo, talvez também preferisse terminar com tudo. Então, as duas vão decidir por ele. Quando a esposa começa a falar, ela pede para eles entrarem, temendo que os vizinhos escutem a conversa.

    Por muito tempo ela vai se arrepender de não os ter expulsado dali, de não ter dito para saírem da casa dela. E vai culpá-lo por ter aceitado isso. Eles são três. Ela está sozinha.

    A esposa dele recomeça a falar. Diz que sabe que eles voltaram a se encontrar, que agora quer uma explicação de uma vez por todas. Essa situação deve ser resolvida; afinal, ele não pode continuar fazendo as duas sofrerem por tanto tempo, precisa se decidir. Ela afirma ainda que ele poderá deixá-la, se quiser, mas nesse caso ela irá embora. Já se informou de que há um voo para Nova York no dia seguinte ao meio-dia; ela embarcará com a filha e ele poderá refazer sua vida. Ela está com a filha no colo, uma garotinha de dois anos que não entende nada do que se passa. Ela segura a menina bem perto dele, para que a veja e não se esqueça daquilo que vai perder, se ela for morar tão longe.

Ele não responde.

Sentada no sofá, ela vê o casal se dilacerar. E se pergunta o que eles estão fazendo em sua casa, em sua sala. Ela permanece imóvel.

A mulher continua pressionando-o: diz que basta uma palavra para que ela vá arrumar as malas, assim ele finalmente será livre. Ela continua com a filha nos braços. Ele olha fixamente para a esposa. E lhe diz gentilmente que não a ama mais. Como um último ato de coragem, o derradeiro.

Ela responde que não se importa. Está disposta a viver com um homem que não a ama mais para preservar seu casamento, para que a filha tenha o pai ao lado dela, para manter seu bom padrão de vida. Diz que até concorda que ele tenha uma amante, pois, afinal, faz sete meses que suporta isso e pode muito bem continuar. Desde que não se divorciem. Ela lhe pergunta outra vez se deve subir para reservar as passagens de avião. Ele murmura que não. Acabou.

Sua esposa ganhou.

Ela o observa. Ele olha para baixo. Ela se pergunta como pôde se apaixonar por um homem que não a ama o suficiente para lhe poupar tanto sofrimento. Ainda sentada no sofá, vê os dois saírem. Ele a está deixando mais uma vez, e o pior é que não foi ela quem pediu para ele voltar.

A esposa dele pede-lhe que a avise se seu marido ligar para ela. Ela não responde. Ele, por sua vez, responde que, se voltar a cair em tentação, é porque já terá decidido abandoná-la realmente. Para sempre. Ele nunca fecha a porta. Deixa-a entreaberta. Dá-lhe sempre uma esperança de voltar, por menor que seja. Não consegue deixá-la livre; prefere fazê-la esperar a perdê-la de uma vez por todas.

A mulher sai com a filha nos braços, ele a segue sem um olhar, sem um gesto. Ela continua sentada no sofá. Não sabe se vai suportar tamanho sofrimento.

Estamos em 19 de setembro.

35.

Ela vai chorar. Bem mais do que na última vez. Agora está muito mais difícil, e ela não sabe por quê. Só sabe que está mais arrasada ainda. Sente-se mal por haver acreditado nele de novo, mesmo tendo jurado que não faria isso. Está inconsolável.

Contudo, não lhe resta escolha. Precisa continuar caminhando, refazer sua vida, pensar em si própria.

A primeira providência é procurar um apartamento. Seu homem viajou para o exterior e ela continua no loft. O melhor seria sair dali, talvez comprar um trailer para morar.

Mas ela paga caro por esse conforto: toda manhã e toda noite, ela o vê passar com um olhar furtivo, como se sentisse vergonha de tê-la feito acreditar que poderiam viver juntos. Então, ela observa a vida dos três: ele, a esposa e a filha. Vê eles saírem, irem ao cinema, voltarem do supermercado. Ela o vê recebendo os amigos e com uma rotina normal, como se nada tivesse acontecido. Sabe também que eles vão para a Itália no fim de semana, só os dois, para se aproximarem e recuperarem o casamento, e mal consegue respirar só de pensar nisso. Na segunda-feira de manhã, ela ouve a esposa dele contar à vizinha que foi maravilhoso, que aproveitaram bastante os três dias em Roma. Quanto a ela, passou o fim de semana vomitando.

Ela lhe enviou uma mensagem no meio da noite, só para dizer que, enquanto ele se divertia no fim de semana, ela passou a noite ao lado da privada, para não ter de se levantar a cada vez que vomitava. Por que ele está feliz? Por que ela está desesperada? Ela não entende como isso é possível.

Ela nota que ele tem uma expressão profundamente triste, fuma cada vez mais, ele que não fumava. Os dois não se falam mais, não há nada a dizer. Não se escrevem. Ele não a olha quando se cruzam. De manhã, ela o vê sair com a mulher. As duas se fitam, olhos nos olhos. Uma tem um ar vitorioso, a outra não quer abaixar a cabeça, como se ainda tivesse alguma esperança. Ele olha para outro lado, dividido entre as duas mulheres que se confrontam. Só olha para ela lá do alto. À noite, depois que a mulher e a filha dormem, fica horas colado à janela, com o olhar fixo, devorando-a, espiando-a. É a única maneira de lhe dizer que pensa nela, que no fundo só pensa nela.

Ela liga para ele e implora que pare com isso. É só um pretexto para ouvir sua voz. Ela alega que, sabendo que ele está lá, não consegue sair da janela, e a vida deles se resume a esses olhares trocados durante a noite. Os dois não dormem mais, não são capazes de renunciar à única forma de que dispõem para se comunicarem. Mas ele não desiste: continua a observar a vida dela, lá de cima. É tudo o que lhe resta... e não por muito tempo.

Ela acelera as visitas a apartamentos. São tão pequenos... Ao ver aqueles estúdios repugnantes, sente que não vai conseguir, que dessa vez atingiu o fundo do poço e não sabe como sair de lá. Olha para trás e se pergunta o que fez para se envolver em tamanha confusão. Sente-se profundamente injustiçada, como se só ela devesse pagar pelo que aconteceu. Ela sabe que é responsável: jogou e perdeu. E não consegue evitar de culpá-lo por ter decidido manter seu casamento. No fundo, a culpa é dela mesma.

Os amigos dela lhe dão muito apoio. Não a deixam sozinha nem por um segundo. Mandam mensagens, conversam sobre banalidades, sobre a vida que continua, tudo para impedi-la de pensar. Só fica sozinha à noite. As horas passam e o sono não vem. Ela sobrevive. Tudo o que faz é evitar o choro, as lágrimas sempre prontas a escorrer, porque só assim pode aliviar o sofrimento.

Ela sabe que não será fácil.
Precisa viver um dia depois do outro. Há exatamente um ano atrás, estava com seu homem em Nova York, no alto do Empire State Building. Ele a pedira em casamento,

ela dissera sim, chorando de alegria. A vida era simples e linda. Apenas um ano atrás.

São nove horas da manhã. A chuva fustiga os vidros. Ela entrou em um café para ler o jornal. Chegou cedo. Tem um encontro marcado para visitar mais um apartamento. Na calçada, a fila aumenta. Ela fica desesperada. O telefone toca.

Ela sabe que isso é apenas o começo. Todos se importam com ela e vão ligar o dia todo. Ela está preparada. Começou logo de manhã, com sua mãe e os irmãos. Dessa vez, é o pai. Ela não atende. Não tem coragem. Sabe que nesse dia está mais vulnerável ainda. Falta pouco para ela desabar. Não ouve a mensagem.

O apartamento é horroroso. A chuva continua.

Ela está no carro. Deita a cabeça no volante e chora. O telefone toca. Ela atende com a voz embargada, confirma outra visita e continua a dirigir. Sempre sonhou tanto em morar em Montmartre, não podia desmoronar agora.

Ela estaciona o veículo num pequeno beco sem saída pavimentado. Olha para cima, diz a si mesma que está bem, mas evita se entusiasmar. Ela segue o corretor, sobe a escada em silêncio, tenta se animar, entra num pequeno apartamento de dois ambientes todo branco, olha para o quarto, visualiza sua cama naquele piso, as caixas empilhadas num canto. Imagina-se ali. Imagina o sol atravessando as árvores, entrando na cozinha, e examina o banheiro. É ali mesmo!

Ela pergunta ao corretor se poderia pegar as chaves em até três dias, pois quer se mudar no próximo final de semana. Ele entende a urgência dela e diz que não há problema. Ela preenche o cheque, pega duas cópias da chave, agradece ao homem e vai embora. Então sorri.

    Ela compra algumas garrafas de champanhe, petiscos para beliscar e volta para o loft. Ao olhar para cima, vê as janelas do segundo andar acesas. Vira o rosto. Nessa noite vai se preservar, já chorou demais. Ela sente que ganhou, que mereceu essa paz interior que aos poucos começa a envolvê-la. Seus amigos a esperam, não se esqueceram dela. Sorrindo, ela anuncia que encontrou um apartamento. Seus olhos ficam embaçados, sempre essas malditas lágrimas! Sua sensibilidade está à flor da pele! Eles sabem que esse é o melhor presente de aniversário que a vida poderia lhe dar.

    No segundo andar, eles organizaram uma festa. Ele está na janela e observa-a tomando champanhe. Ela ri bem alto, só para lhe mostrar que pode viver sem ele. Sua esposa aparece e o abraça, ele entra e fecha a janela. Ela não vai chorar mais, não nessa noite.

    Hoje é seu aniversário, ela se prometeu pensar em outra coisa. Nessa noite, não ganhará presentes, apenas um vale para retirar um aparelho de som, que será um dos acessórios do novo apartamento, em sua nova vida.

Ela tem 31 anos.

Estamos em 28 de setembro.

36.

Os dois continuam a se observar pela janela, mas dessa vez ela sabe que é apenas uma questão de dias, de horas. Faz várias viagens entre o loft e seu apartamento branco, começa a transportar algumas plantas, um abajur, um cesto de quinquilharias. A mudança está prevista para domingo. Ela alugou um caminhão e convidou os amigos para ajudá-la. Como o apartamento é pequeno, não vai caber muita coisa. Mas tudo bem.
    Pelas frestas da janela, ele a observa arrumando as malas, preparando-se para partir. Ele conta os dias, as horas. Procurou o novo número de telefone dela, procurou seu novo endereço no mapa. Queria muito saber como é o espaço para poder imaginá-la em sua nova casa, em sua nova vida. Ele não se conforma em não saber nada.

    No dia da mudança, ele não está em casa. Ela e os amigos levaram menos de uma hora para transportar uma vida inteira. Um pequeno sofá, uma cama, algumas caixas, um cacto, sua cadeira Philippe Starck, um quadro de Rothko da sua mãe, toneladas de livros. Ele não a vê fechar as cortinas e trancar a porta pela última vez.

São 21 horas. Ela arruma tudo freneticamente. Não vê a hora de organizar as coisas para sentir que enfim tem seu próprio espaço, depois de semanas de correria. Seu maior desejo é sossegar, relaxar. Ela se agita, afasta os pensamentos, tenta esquecer que é a primeira noite, esquecer essa solidão que tanto temia. As amigas a convidaram para jantar, mas ela preferiu ficar em casa. É inútil fugir: ela terá que aprender a viver sem ele. Terá que esquecer que os dois haviam se imaginado num novo apartamento, com as caixas dos dois, e não só as dela. Ali só estão as dela.

Ela se sente bem melhor. Ele não a vigia mais. Ela sabe onde ele mora, conhece a vida dele, seu futuro. Ele ignora o endereço dela e seus planos. Ela se sente forte. Por um instante tem a impressão de que essa casa é mais agradável do que a outra.

Ele sente muita falta dela depois da mudança. Antes, conseguia seguir sua vida. Sabia quando ela voltava para casa, se os amigos jantavam com ela, se tinha se alimentado, se havia dormido. Agora, não sabe nada. A ignorância e o silêncio são piores do que a ausência.

A rotina com sua esposa tem altos e baixos. Ele finge estar bem, mas na verdade sente-se péssimo. Às vezes até fica mais animado, mas não por muito tempo. Tenta acreditar que os dois vão conseguir reconstruir seu casamento, voltar a ser felizes.

    Ela já pensa em engravidar novamente. Ele resiste, apesar de sua fraqueza e culpabilidade. Em compensação, tenta mostrar que mudou. Às vezes ela o sente ausente, mas acha que é só uma questão de tempo.

    Eles fazem amor com frequência, bem mais do que antes. Ela percebeu que, se queria mantê-lo a seu lado, precisava mudar. O velho chavão de uma vida sexual desgastada que é revitalizada por um caso de adultério.

    Ela procura esquecer que ele gostava muito mais de fazer amor com a outra do que com ela. No fundo, sente isso, mas se recusa a admiti-lo. Embora se esforce ao máximo, não sabe que nunca será igual, não importa o que ela faça. Não sabe que há pessoas que se atraem de maneira irreversível.

    Então eles se beijam. Mecanicamente. Quando faz amor com a esposa, ele pensa na outra. E percebe que, se for comparar as duas, não conseguirá sobreviver. Acha que o sexo não é tudo, que viveu tantos anos assim, sem saber que uma cama podia levá-lo ao paraíso. Ele vai esquecê-la, já decidiu. O tempo o ajudará.

    Eles não se falam mais por telefone. Ou quase. Às vezes, há momentos de fraqueza. Ora é um que desanima, ora é outro. Para ela, é difícil evitar quando bebe alguns copos. E ele lhe manda um e-mail quando a saudade aperta. Os dois se compreendem, sabem como a ausência é insuportável.

Ela recebe um e-mail. Dele. Vazio. Há apenas seu nome e um número de telefone. Foi enviado do escritório numa segunda-feira à noite. Como uma chamada muda de alguém que não quer se identificar. Um e-mail vazio que diz tantas coisas. Um e-mail que prova que ele ainda pensa nela.

Ela responde:
"Se é para me dar seu número de telefone, tudo bem, mas ainda não consegui deletá-lo".

Sem resposta.

Ela envia:
"Se é para me mostrar que ainda pensa em mim, você fez muito bem.
Fico feliz em saber que ainda não me esqueceu completamente".

Ele responde:
"Sim".

Ele ainda não a esqueceu.

Estamos em 6 de outubro.

37.

Ela está melhor, embora tenha momentos difíceis. Já aprendeu a controlar as crises de depressão mais fortes: acima de tudo, evita ficar na cama até tarde, sonhando debaixo do edredom. Liga sempre o rádio do carro para ouvir as notícias na France Info e confinou o último CD de William Sheller no porão. À noite, telefona para as amigas e conversa até a exaustão. Mantém sempre a televisão ligada na sala ou no quarto e nem tenta ler algum livro: é impossível se concentrar numa história, a leitura a faz sonhar, e daí vem a tristeza. Ela escolhe qualquer programa na tevê, menos aqueles com temática de amor, casamento, adultério e vizinhos.

Aos poucos, volta a sorrir. Não consegue se imaginar com outro homem, mas se imagina sozinha. E isso já é alguma coisa. Já retomou a vida de solteira, regada a festas, jantares, encontros, imprevistos e liberdade.

Ela procura trabalho. Agora que já organizou seu casulo, parte para a segunda etapa da reconstrução: descobrir o que fazer da vida. Procura refletir com carinho, sem pressa.

Por fim, ela volta a sair de novo, para dançar, para ir ao teatro. Nos últimos meses, sua energia era destinada só a ele. Ela torna a se abrir para o mundo, aproveitando essa cidade que tanto ama.

Ela está saindo do Théâtre de la Ville quando seu celular toca. Ela atende e uma amiga lhe diz que está tomando um drinque na casa de um amigo muito simpático que mora no Marais. Os dois a convidam para juntar-se a eles. Como ela não tem compromisso no dia seguinte, decide ir. Por um momento, sente que voltou ao passado, quando era estudante e não tinha nenhuma obrigação. Naquela época, varava as noites trocando ideias para mudar o mundo com pessoas que mal conhecia. Naquela época, ainda sonhava com um grande amor.

Ela chega ao apartamento do rapaz. Há velas acesas por toda parte, o ambiente é agradável. O anfitrião a recebe na porta com um sorriso acolhedor. É solteiro e sabe perfeitamente que ela também é. Moreno, alto, charmoso, ele lhe pergunta se prefere vinho tinto ou outra bebida. Ela opta por vinho tinto.

As horas passam e as garrafas se esvaziam. Eles falam de tudo e de nada. Trocam sorrisos, olhares. Às quatro da manhã, ele a ensina a tocar baixo. Às cinco, começa a massageá-la. Como ela está um pouco zonza, sente-se bem e relaxa. Num momento de lucidez, ela se pergunta por que não deveria fazer isso. E se entrega. Às seis da manhã, ele a beija.

Ela quer provar a si mesma que está se curando. Sabe que ainda é cedo, que pode se machucar. Os outros foram embora. Os dois estão sozinhos. As velas se apagam, uma a uma. Eles conversam sobre tudo, sorriem, ele é carinhoso. Então, ela sente a língua dele em seus lábios, relaxa, ele a despe, chupa seus seios. Ela imagina a boca do outro; decididamente, não consegue, não quer. Ele percebe, abraça-a e consola-a. Ela está triste, mas sabe que já deu um passo enorme. É preciso ir devagar.

Ela adormece em seus braços.

De manhã, ela acorda. Ele ainda está dormindo. Ela se levanta, põe a roupa, olha para ele, envia-lhe um beijo de longe, deixa um bilhete na mesa da sala, sai e fecha a porta suavemente.

Ela se encontra a cinco minutos do loft. Pode chegar lá por volta das 9 horas. Só quer vê-lo sair de casa depois de passar a noite nos braços da outra, sentir se as coisas mudaram, se ela o encara de modo diferente. Seu desejo é apenas observá-lo e avaliar sua emoção, suas sensações.

Ela estaciona, sai do carro no momento exato em que ele sai do condomínio. Ele a vê, desvia o olhar; ela o observa passar, ele finge que não a viu. Então, ela constata que melhorou, que finalmente está se recuperando. A vida continua.

Ela escreve:

"Hoje de manhã, nós nos cruzamos como em outro dia qualquer. Você não me disse nada. Nenhuma palavra.

Nenhum gesto. Como se cruzasse com uma desconhecida. No entanto, esta manhã não se assemelhava a nenhuma outra.

Nesta manhã, eu saía dos braços de outro homem, da cama de outro homem. Nesta manhã, fiz amor com outro homem.

Nesta manhã, você me perdeu.

Finalmente...".

Ela acredita nisso. Deturpou ligeiramente a realidade. Uma vingança bem humana. E está em busca desse caráter irrefutável, definitivo, irreversível. Sabe que isso vai afastá-lo, que por fim ele poderá desculpá-la por ter retomado sua vida. Sabe que é um ponto final, que, definitivamente, sua história terminou. Ela beijou outro homem, divertiu-se nos braços dele.

Ao enviar esse e-mail, ela pretende encerrar para sempre o caso deles, ao contrário do que aconteceu na última despedida, em que deixou a porta da sala entreaberta. Com isso, o que deseja é fazê-lo sofrer mais uma vez, sentir o gosto amargo do ciúme.

Ela tira a roupa e vai para a cama, mas demora para dormir. De repente, o celular toca. Na tela aparece o nome dele. Está em prantos. Em meio aos soluços, diz que lhe enviou um e-mail. Ela afirma que ainda não o leu.

Ele escreve:
"Porque não há um dia em que sua ausência não me torture.

Porque não há uma noite em que eu consiga abafar a vontade insana de te beijar.
Porque a vida sem você parece o pátio interno da prisão de Fleury-Mérogis.
Porque seus beijos valem mais do que tudo no mundo.
Porque é desumano fazer a pessoa que amamos sofrer tanto.
Porque parar de fazer amor com você é um insulto à natureza.
Porque seus olhos, sua pele e sua voz me deixam louco.
Porque eu a amo desesperadamente.
Basta uma palavra sua para que eu me separe dela".

Estamos em 13 de outubro.

38.

Ela lhe pergunta se pode ser qualquer palavra ou alguma em particular. Qualquer palavra, diz ele. Então, deixe sua esposa, pede ela. Ele responde que vai fazer isso. Ela quer saber quando. Hoje à noite, diz ele.

Os dois se encontram no restaurante Le Fumoir para jantar. Haviam passado semanas sem se ver, mas não parecia. Ele lhe conta como foi difícil sobreviver longe dela. Ela confessa que fez um esforço sobre-humano para se acostumar com a ausência dele e continuar vivendo.

Ela o previne de que dessa vez ele terá de ser forte e não brincar novamente com os sentimentos dela. Ele retruca que agora já sabe muito bem o que é viver sem ela.

Ele olha para ela, ele a devora com os olhos, totalmente trêmulo. Não consegue engolir nada. Está nervoso, com uma crise de ansiedade indefinida, a única maneira de liberar o medo que sente diante do desconhecido, da nova vida a construir, das lágrimas que virão. Contudo, ele já decidiu. Quer viver com ela, ter um filho com ela, dormir e acordar com ela. É tudo o que deseja.

Ele está com medo. Ela também. Tem pavor de que ele a abandone ali mais uma vez, com suas esperanças soterradas, suas lágrimas e sua dor. Quando ela começa a se reerguer, ele a resgata rápido antes que ela desapareça no horizonte. E a cada decepção seu sofrimento é maior. Não consegue se imaginar passando por isso de novo.
Porém, desta vez ele não vai mudar de ideia.

À noite, ele voltou para casa e não disse nada. Havia convidado seu irmão e sua cunhada para jantar. Eles falaram do aniversário das crianças, que poderiam organizar juntos, e dos planos para o futuro. Ele ficou mudo. Seus pensamentos andavam longe. Sabia que o pior ainda estava por vir, mas pelo menos já tomara a decisão. Agora, precisava assumir. Sentia-se apavorado: tinha dores na barriga, na cabeça, no corpo todo.
Ele não ficou até o fim do jantar. Foi se deitar, alegando estar com enxaqueca. Custou muito a pegar no sono. E, quando sua mulher o chamou, ele dormia profundamente. Ela o acordou e disse que não suportava mais aquela vida. Ele nunca saberá se teria ousado tocar no assunto se ela não tivesse se precipitado. Ela nunca saberá que isso era tudo o que ele esperava, que ela abrisse a porta para ele se jogar. Ela o provocou porque queria que ele mudasse, que se esforçasse. Nunca poderia imaginar que ele tivesse decidido deixá-la.
Os dois passaram a noite brigando. Ela chorou, gritou, suplicou, jogou o celular na parede, tentando convencê-lo de que iam superar aquilo e voltar a viver normalmente.

Ele gritou, chorou ao vê-la chorar. Por fim, falou. Disse a ela que amava loucamente outra mulher e sonhava em viver com ela; e que dessa vez o casamento terminara.

Foi uma noite de rompimento, em que ninguém dormiu; uma noite violenta, com uma guerra de nervos em que ela tentou de tudo. Depois, ele foi embora.

Às oito horas da manhã, a esposa ferida ligou para sua rival, que esperava uma palavra ou uma mensagem desde a noite anterior. E comunicou-lhe que ela vencera, que o marido decidira partir e que ela podia ficar com ele. Disse também que os dois nunca mais veriam sua filha.

39.

Ele chega uma hora depois, levando croissants e algumas coisas suas. Ela o beija e abraça, quase timidamente. Como se tivesse que domesticar essa nova liberdade. Ela temia tanto que ele não aguentasse o baque... Ele está sorrindo. O choro e o remorso ficarão para mais tarde.

Ele a toma nos braços, atira-a na cama e começa a beijar cada parte do seu corpo... Os dois passam o dia enclausurados, com os telefones desligados, dispostos a esquecer de tudo e desfrutar seu reencontro, o futuro que finalmente se abre para eles.

Eles têm muito tempo para recuperar. Ela nem acredita que ele está ali realmente, no apartamento que alugou para esquecê-lo, para refazer sua vida. Ele está ali, na cozinha, no chuveiro, no sofá. Ela o vê se acostumando ao ambiente e sente as lágrimas brotar de felicidade. Então lhe entrega uma cópia das chaves e a senha. Ela quer saber se eles vão se encontrar todas as noites, se vão mesmo morar juntos. Ele a olha sorrindo e a beija. Finalmente terão paz.

No dia seguinte, eles iniciam uma vida quase normal. E ficam maravilhados com essa normalidade... De manhã, vão trabalhar e se dizem "até a noite". Fazem toda a rotina comum aos casais sem se aborrecer; tudo parece extraordinário. Eles nem acreditam que podem jantar na cozinha sem se preocupar com a hora, fazer amor antes de dormir, de manhã ao acordar e no meio da noite, quando um dos dois desperta suavemente e encosta no corpo do outro com voluptuosidade. Eles usam e abusam dessa liberdade até exaurir a pele, os lábios, o sexo.

Ambos estão deslumbrados e desfrutam tudo isso. Embora nem tudo seja cor-de-rosa. A esposa dele liga dezenas de vezes e despeja seu amor, seu sofrimento, insultos e ameaças. Cada vez que ele vai ver a filha, é insuportável.

Uma semana depois que ele saiu de casa, sua mulher anunciou que ia embora. Ela vai para Nova York a fim de reconstruir sua vida, procurar um trabalho, um apartamento, uma escola para a menina. Ela partirá. E levará a filha. Ele já sabia que o preço seria alto. Chegou a hora de pagar a conta.

Ela decidiu ir para provar ao marido que pode continuar vivendo bem a milhares de quilômetros de distância, para provar que é capaz de sobreviver. Ela atira sua última carta: vai para que ele volte.

Ele não quer pensar nisso. Quer apenas desfrutar a mulher da sua vida e esquecer que daqui a alguns dias sua filhinha estará a milhares de quilômetros dali. Que terá de encontrar outra forma de viver com ela. Terá de lutar para preservar seu papel de pai, para que a menina continue a falar seu idioma, para não se culpar por deixá-la ir embora, para não ter a sensação de abandoná-la. Ele sabe que precisa ser forte. Mas ele é fraco.

Ela sabe que isso será difícil para ele, então procura amenizar sua vida... Depois do almoço, ela vai buscar as passagens de avião da menina no outro extremo de Paris. A esposa dele está atarefada. Ele não tem coragem. Ela tenta tornar suportável esse período, embora saiba que não conseguirá eliminar o sofrimento e a ausência só com seus beijos, mesmo que sejam muitos.

Elas vão viajar no dia seguinte. Ele pediu ao pai para acompanhá-las ao aeroporto. Não aguentaria a emoção.

Ela havia combinado de ir ao teatro. Quer cancelar o compromisso, mas ele não deixa, alegando que precisa trabalhar e que se encontrarão depois, sem problemas.

Ela percebe que não adianta, ele está confuso, sua dor é insuportável. Só ela pode suavizar o baque. Atravessa Paris. Ao chegar ao escritório dele, resolve subir. Já é noite, o lugar está deserto. No fundo do corredor há uma luz acesa. Ele está lá sozinho, chorando. Sabe que dentro de 24 horas sua filha estará longe.

Ela o beija, começa a fazer palhaçada. Ele suspira, sorri, depois relaxa. Ela o arrasta para fora, fecham a porta e fazem amor na escada. Ele se senta num degrau e ela o monta, sem calcinha. Então, quando o gozo se aproxima... a luz se acende. O patrão dele desce. Eles fogem como crianças, rindo como loucos, entram no Smart e voltam para o pequeno apartamento que abriga sua nova vida. Ele dorme em seus braços. Mais uma vez, ela conseguiu resgatá-lo das lágrimas. Ele tem um sorriso nos lábios, mas por quanto tempo?

No dia seguinte, ela escreve:
"Eu sabia que não podia estar errada.
Que ver seu sorriso de manhã seria algo fantástico.
Que sentir sua pele toda noite me daria a sensação de viver no paraíso.
Eu sabia sem saber. Agora, depois de algumas noites, sei que não me enganei. Que nós não nos enganamos. Sei que viver com você é a felicidade em estado puro. Como uma droga que eu poderia inalar o dia inteiro sem nunca ficar saciada. Nunca satisfeita, sempre faminta.
Mesmo que você não queira almoçar comigo na segunda-feira.
Mesmo que não me ofereça flores toda noite.
Mesmo que ainda não tenha tirado a aliança.
Mesmo que ainda não tenha colocado as luminárias no corredor.
Mesmo que não saiba cozinhar...

Só queria lhe dizer que o amor que sinto por você preenche cada centímetro do meu ser. Profundamente. Intensamente. Imensamente".

Estamos em 3 de novembro.

40.

Durante um mês, os dois continuam a viver como um casal normal. Desfrutam essa felicidade enorme tão desejada, tão esperada. Vivem colados um ao outro, aproveitando cada minuto, cada segundo. Há momentos de melancolia, de tristeza, mas nunca de arrependimento. Todas as noites ele reitera que jamais poderia viver sem ela ou fazê-la sofrer, embora isso já tenha acontecido tantas vezes.

À noite, ele volta para casa com aquele sorriso incrédulo, como se não acreditasse que ela está ali, que conseguiu recuperá-la.

Eles jantam com os amigos, conversam sobre trabalho, fazem amor, acordam à noite e se amam novamente, nunca saciados. Tudo é lindo, tão maravilhoso, tão suave; porém, ela ainda não acredita...

No fundo, morre de medo.

Ela não é mais a mesma, é a sombra de si mesma. Não ousa dizer nada, temendo contrariá-lo, temendo que ele mude de ideia e volte para a mulher. Ela é impecável: passa os dias inventando loucuras para agradá-lo sempre. Ela o ama demais. E ele lhe diz que a ama quase cem vezes por dia. Mesmo assim, ela continua ansiosa, tem pesadelos à noite. Acorda com olheiras, mas evita comentar. Não quer lhe transmitir sua angústia. Ele percebe e procura tranquilizá-la. Ela se culpa por estar nervosa, agora que ele tem tantas outras coisas para administrar: seus pais, a ausência da filha, o futuro, a venda do apartamento. Contudo, é inútil: está feliz, mas apavorada.

A mulher dele vai voltar na semana seguinte para providenciar os papéis do divórcio e a venda do apartamento. A filha vem com ela, e ele finalmente vai poder matar a saudade.

Ela não estará presente. Precisa ir a Lyon para fazer uma reportagem, mas não quer se afastar. Teme não estar ali caso as dúvidas o torturem, caso seu coração balance diante da criança. Ele acha que é melhor assim, que poderá passar um tempo com a filha, que não vale a pena ela presenciar a crise, as discussões, os acertos de contas. Ele garante que a ama, agora e sempre.

Na véspera da viagem, ela escreve:
"*Já estou com saudade.*
Eu me culpo por ficar angustiada. Culpo-me por chorar, eu que só quero vê-lo feliz desde o momento em que acordo.

Eu me culpo por pensar em mim quando sei bem que para você é muito mais difícil.
Eu me culpo por desanimar quando há luz no fim do túnel, ali mesmo, não tão longe.
Eu faço o meu melhor, e meu melhor não é grande coisa. Acordo com medo e fico assim até a noite. Medo. Mas vai passar... Só preciso de tempo.
Sei que você me ama.
Sei que estamos extremamente bem juntos.
Sempre soube.
E sei mais do que nunca que isso é apenas o começo.
Só preciso ter certeza de que você não vai sumir mais uma vez, como se nunca tivesse vindo a mim. Mais uma vez. Preciso acreditar nisso para não sofrer mais. Então, sim, o retorno dela me aterroriza. Puro egoísmo.
Eu me culpo por não confiar em nós, por duvidar da intensidade do nosso amor, desse laço que nos une e que ninguém pode destruir.
Prometo a você que voltarei tranquila, que voltarei segura, que não vou mais ficar vagando como uma mulher que só espera a hora da sentença. A nova ausência.
Eu sei, meu amor, que o que fizemos foi o mais difícil.
Espere por mim, logo estarei de volta.
Milhões de beijos.

(Encontrei o casaco de lantejoulas Karl Lagerfeld do meu tamanho que Paris inteira procura na H&M, e comprei porque Paris inteira está atrás dele. Estelle não se conforma, porque também o quer e eu consegui

encontrar... na verdade, acho que não gosto dele, só comprei porque Paris inteira está procurando. E vou devolvê-lo... como vê, sou ridícula. Mas eu percebo.)"

41.

Ela partiu há algumas horas. Tem dificuldade de encontrá-lo, deixa mensagens, ele liga rapidamente do hall do prédio, diz que está tudo bem, que ele finalmente vai passar a semana em casa para curtir bastante a filha antes que ela viaje. Ela quer saber onde cada um vai dormir. Ele dorme no quarto de hóspedes, a esposa no deles. Conta que eles conversaram durante horas para estabelecer os detalhes materiais da separação e que foi até tranquilo, apesar das crises e das lágrimas.

Pela última vez, ele tenta convencer a esposa a não partir, a permanecer na França e procurar um trabalho lá para não privar a filha do pai. Ela está irredutível. Não foi ela que resolveu destruir a vida deles, ela não é responsável, é vítima. Nem cogita sacrificar sua vida quando ele decidiu ir viver com outra. Ele escolheu e deve assumir.

A esposa abandonada não perdeu a esperança de ter o marido de volta. No início, queria voltar sozinha. No fim, acabou trazendo a filha, seu trunfo, a única chance de salvar seu casamento. Apostou tudo nesse reencontro e sabe que é agora ou nunca. Será agora.

Ela jamais saberá se eles decidiram reatar o casamento no primeiro dia ou se ele resistiu antes de ceder. Afinal de contas, pouco importa se foram 24 ou 72 horas... O fato é que em pouquíssimo tempo ele passou por cima de tantas promessas. Em alguns dias, nada restou dos seus sonhos, planos para o futuro e da sua história.

Ela ainda não sabe.

Num último gesto de bondade, ele quer esperar que ela volte a Paris para anunciar que fraquejou novamente, que vai abandoná-la mais uma vez... Mas sua esposa não aceitou. Nada de piedade pela rival, ela deseja a vitória. Não quer nem saber se a outra está sozinha em Lyon, num quarto de hotel, longe de casa e dos amigos, não quer saber se ela sofre, sua vontade é destruí-la, extirpá-la. Ou ele concorda ou ela vai para Nova York no primeiro voo. Sua última chantagem é bem-sucedida.

Na última noite em Lyon, a rival está num restaurante com uma amiga de infância. No dia seguinte, deve voltar a Paris. Sente-se muito vulnerável desde o começo da semana, longe dele, de casa, dos amigos e da sua vida. Não dormiu bem, teve pesadelos e medos, provocados pela ausência e por um enorme sentimento de impotência.

Porém, nessa noite ela está aliviada porque a semana terminou. No dia seguinte vai reencontrá-lo.

Seu celular toca. Ela hesita em atender. Fazia meses que as duas não se viam. Elas degustam um *beaujolais nouveau* em um restaurante típico lionês e ela quer aproveitar a noite. Vacila entre ligar para ele mais tarde ou desligar. Então atende. Só ouve ele sussurrar, chorando, que tudo terminou. Em seguida, ele desliga.

À noite, ela telefona e ele não atende.

Ela não consegue dormir.

Desesperada, liga para ele freneticamente, do celular, do telefone fixo. Do outro lado da linha, está sempre ocupado. Os dois enlouqueceram, acabaram com ela e deixaram o telefone fora do gancho para poder dormir em paz.

No dia seguinte, bem ou mal, ela conclui seu trabalho. As horas parecem intermináveis. Então toma um táxi e vai para a estação. Lyon Part-Dieu/Gare de Lyon. Duas horas. Duas horas tentando falar com ele sem parar. Está sem comer há 24 horas. Sentada nas escadas do TGV, sente dor no peito, ânsia de vômito e chora. Liga para as amigas, para ele. Caixa postal.

Ela envia uma mensagem:
"Encontre-me às 21 horas na Gare du Nord. Se você não estiver lá, vou até sua casa".
Ele sabe que ela é bem capaz de fazer isso.

Às 21 horas, ela espera em fila dupla. Ele entra no Smart calado. Não tem coragem nem de olhar para ela. Ela se maquiou, tenta parecer bem. Quer evitar brigas e lágrimas e manter um pouco de dignidade nessa história que vai acabar arruinando-a.

Eles vão para um bar em Montmartre, ela estaciona, nenhum dos dois se anima a sair, ficam ali, naquele carro que já abrigou momentos tão carinhosos e outros tão difíceis. Mais um. Ele chora. Desde que começaram a sair juntos, ela já o viu chorar tantas vezes que nem sabe mais se isso ainda a comove. Pergunta-se como pode suportar tanta coisa por ele, por que sempre quer preservar uma relação tão complicada. O que haverá de tão extraordinário para que ela se apegue a tal sofrimento? Ela não sabe. É assim.

E, entre soluços, ele faz aquele discurso que ela conhece de cor. Se estivesse de bom humor, poderia até falar por ele, imitando-o. Ele diz que não consegue viver sem a filha. Mas não.

Os dois estão ali no carro, na rue des Abbesses, há uma hora, talvez duas. O celular dele não para de tocar, sua mulher certamente deve estar preocupada, temendo que o marido mude de ideia pela milésima vez. Chega a ser ridículo! Ela lhe diz para sair, que já está farta, que dessa vez acabou mesmo. Não chora, é agressiva, quase vulgar. Está cansada de suas inseguranças, suas idas e vindas, suas dúvidas, suas crises. Tudo o que quer é que ele saia daquele maldito carro e desapareça da sua vida. Dessa vez chega. Ela não está brincando. Ele entra em pânico.

Tenta abraçá-la, diz que não pode viver sem ela, que é a mulher da sua vida, que não sabe o que lhe deu na cabeça, que acabou, vão voltar para casa agora... Ela o observa, incrédula. Como confiar nele mais uma vez? E como recusar esse novo convite à felicidade?

Ela lhe pede para tirar a aliança, como prova de que agora cumprirá sua promessa de deixar a esposa. Ela enfia o anel de ouro no bolso da calça, certa de que finalmente vencerá. Então o beija, dá partida e vão para casa.

Ele telefona para a mulher e anuncia que não voltará. Do outro lado da linha, ouve-se o choro, os berros, uma janela batendo, histeria, ameaças, chantagem. Ele se mantém firme.

Minutos depois, a mãe dele liga. Ela acaba de falar com a nora ao telefone e quer saber o que está acontecendo. Achava que os dois tinham se acertado e que ele decidira salvar seu casamento. Então pede a ele que volte para casa e permaneça ao lado da esposa e da filha, que é seu lugar, como bom pai e bom marido. Ele continua firme.

No dia seguinte, ele vai passar algumas horas com a filha antes que a esposa viaje para o outro lado do Atlântico. Ele promete à amante retornar no fim da tarde e lhe diz mais uma vez que a ama.

Nunca mais voltará.

Estamos no fim de novembro.

42.

Faz uma semana que ele foi embora. Ela achou que ia morrer. Morrer de amor.

Durante dois dias, ela acreditou que fosse possível. Ficou prostrada na cama. Gritando, chorando, até cansar. Bateu a cabeça na parede, várias vezes, segurando um pano vermelho manchado de lágrimas e muco. Ela não sabia que o homem é um animal. Descobriu naquele momento.

E gritou até quase sufocar. Gritos de um animal ferido que sente a morte se aproximar. Gritos atrozes. Vomitou. Jogou a aliança dele na privada e vomitou de novo. Gritou, vomitou, gritou, vomitou. Cuspiu, se engasgou, gritou, chorou. Até não poder mais falar, até não ter mais nada a dizer. Até não querer mais respirar. Até não saber mais por que respirar.

Pela primeira vez na vida, não quis ver ninguém.

Procurava imaginar a vida sem ele. Sem seu cheiro. Sem seu sexo. Sem sua voz. Sem seu sorriso. Sem sua presença. Ele tinha escolhido.

Ela o via por toda parte. No chuveiro, debaixo do acolchoado, abrindo a porta, vestindo-se. Quarenta metros quadrados repletos da presença dele.

Ela não podia imaginar o inimaginável.

Havia sonhado com uma vida ao lado dele, com um filho dele, vivendo só para ele.

Na verdade, nunca tivera nenhuma certeza, nenhuma garantia. Ele poderia retornar a qualquer hora para a esposa, assim como viera para ela. Ela acreditara que os dois eram mais fortes do que tudo, que seu amor venceria os obstáculos. Enganara-se, não desconfiara, não se protegera. Sentia-se à beira da morte.

No fim, foi obrigada a aceitar que o amor dele por ela não era intenso o suficiente. Que ele podia imaginar a vida sem ela. Que podia escolher ficar longe dela. Que não a amava o bastante.

Então, sentiu que ia morrer.

Ela não morreu. Ainda respira. Voltou a falar. Parou de vomitar. Ainda chora, mas menos. E percebeu que não ia morrer. Ninguém morre de amor.

Dias depois, vem a mensagem:
"*Mesmo a distância, continuo te querendo. Meu desejo só aumenta, não tem fim... A falta que sinto de você é terrível, insuportável, infinita...*

No dia em que você deixar de me amar, escreva-me uma carta, o preto no branco, então poderei tentar te esquecer também.
Milhões de beijos.
O."

Ela começa a escrever...

Estamos em 4 de dezembro.

43.

Ela não consegue. Ele também não. Contudo, esforçam-se ao máximo, cada um por sua vez. Há momentos em que desanimam, não necessariamente ao mesmo tempo. É o que os salva: num dia, é ela que tenta contatá-lo; no outro, é ele. Ambos sabem que nunca poderão ser amigos, nunca poderão se ver sem se tocar, sem se sentir, sem se amar. Os dois anseiam por isso noite após noite, dia após dia.

Ela recebe:
"Não posso te ver sem te beijar.
Não posso te beijar sem te abraçar.
Não posso te abraçar sem te acariciar.
Não posso te acariciar sem te despir.
Não posso te despir sem afagar teu sexo.
Não posso afagar teu sexo sem devorá-lo.
Não posso devorar teu sexo sem te penetrar logo depois.
Não posso te penetrar sem te ouvir gozar loucamente.

Não posso te ouvir gozar loucamente sem explodir dentro de você.
Não posso te deixar depois de explodir dentro de você.
Não posso te ver".

O que sentem um pelo outro é mais do que um desejo, é uma obsessão insuportável. Ela sonha em lhe contar como foi seu dia, em pedir sua opinião para uma coisa ou outra. Ele sonha em saber o que ela está fazendo, o que pensa, aonde vai. A cada minuto, a cada segundo, os dois sofrem de saudade. Bem ou mal, conseguem sobreviver durante o mês de dezembro e o início de janeiro... Então, volta o desânimo.

Dessa vez, é ela que não aguenta: de repente, anseia que ele volte logo, que a ame, que fale com ela, que os dois se olhem; quer apenas senti-lo, ouvir sua voz. Mesmo que ele seja casado, mesmo sabendo que ele não vai se separar da mulher, só quer tê-lo nos braços. Ele também anseia por isso. Ela fala do seu desejo torturante, que não a deixa dormir à noite. Ele sabe. Acorda de madrugada e se masturba ao lado da esposa adormecida. Ela insiste que a saudade é enorme. Ele responde que já está chegando.

Eles fazem amor e conversam. Durante horas. Ele se diverte com as histórias dela. Sempre foi assim. Ela já deve ter lhe contado uns doze episódios de *Sex and the City*. Ele adora a energia que flui dela. E ela redescobre a voz dele, sua pele, seus olhos. Ele não cansa de contemplá-la, como se tivesse esquecido como era linda! Ele a penetra quase violentamente, como se quisesse se vingar do tempo em que ficou longe dela, como se quisesse marcar esse território que é apenas dele. Como é bom, como é maravilhoso! Agora ela sabe que só pode viver ao seu lado.

Eles voltam à vida clandestina... Mas não por muito tempo. Passaram a tarde na cama, alheios ao mundo exterior. Bem que gostariam que ele não existisse. Já passa das 22 horas quando ela o leva para casa. Sua esposa ligou várias vezes e ele não atendeu. Agora está sentado no carro, com a mão esquerda na coxa direita dela. Não quer ir para casa, quer ficar ali. Ela, por sua vez, está cansada de vê-lo chorar.

Despede-se dele e, sentindo-se leve, vai para a festa de aniversário de uma amiga. Com quase duas horas de atraso, chega a um restaurante com um belo fogo crepitando na lareira. Todos parecem felizes e animados. Ela respira fundo e dá beijinhos nos conhecidos... e nos desconhecidos.

Ele é alto, moreno, bonito. É comediante. Eles se olham, se avaliam, dançam. No fim da noite, o rapaz vai para a casa dela e ficarão juntos por quase um mês.

No dia seguinte, ela deveria ver seu amor, que acabou de recuperar. Ele liga inúmeras vezes. Ela não atende, mas envia uma mensagem explicando que não poderá encontrá-lo. Não está sozinha. Pela primeira vez, ele a imagina nos braços de outro, transando com outro, ela que, na véspera, fizera amor com ele. Durante todo o fim de semana, ele sofre e se desespera. Ele desaba, ela revive.

Na segunda-feira de manhã, após deixar o comediante na frente de um teatro, vai se encontrar com seu amor perto da estação Porte Maillot. Já na casa dela, ele sente o cheiro do outro nos lençóis. Mas não se importa, quer apenas provar que ela é dele e de mais ninguém. Nesses dois dias, foi tão grande seu medo de perdê-la, que está disposto a perdoá-la. Uma última vez, os dois fazem amor.

Quando terminam o ato, ela lhe informa que dessa vez tudo acabou. E o deixa, agarrando-se a uma decisão inesperada.

Isso dura um mês. Uma história sem amor, mas cheia de prazer, carinho e cumplicidade. Durante esse mês, ela continua a ter notícias do único homem que realmente ama e que procura esquecer. Ele vai para Tóquio, a trabalho, por quinze dias. Até a convida para acompanhá-lo, mas ela resiste e fica com o comediante. Durante a viagem, ele a trai com uma colega de trabalho só para se vingar. É a primeira coisa que lhe conta na volta, para provocá-la. Ela sofre.

Um mês de dor e tristeza, para nada. Ela perdoa a infidelidade dele num país distante. Ele a desculpa pelo chamego com o comediante. Os dois se amam.

Tudo pode recomeçar como antes. Logo fará um ano que eles trocaram o primeiro beijo.

Estamos no início de fevereiro.

44.

Ela está na casa de sua melhor amiga. Sai do banheiro segurando um bastãozinho de plástico branco. Não sabe se deve rir ou chorar. Então pega o celular.

E lhe envia uma mensagem:
"*Há histórias das quais nem imaginamos o final quando começam.*
Estou grávida".

Estamos em 27 de abril.

45.

São nove horas da manhã. Ele bate na porta. Ela abre. Ele a abraça timidamente, como se já fossem estranhos. Ambos sabem que, a partir de hoje, nada será como antes. Ela olha pare ele, sorri e procura agir como se tudo estivesse normal. Quantas vezes abrira a porta para ele seminua, ainda meio dormindo, com um sorriso sedutor...

Termina de se vestir, maquia-se e passa batom nos lábios. Ele não tira os olhos dela. Ela espera uma palavra, apenas uma, um gesto, nada.

Os dois entram no carro, ele pousa a mão esquerda na coxa direita dela – há hábitos que não mudam. Ela passa no laboratório para pegar o resultado dos exames e a declaração de seu tipo sanguíneo. Sabe que, em caso de hemorragia, isso pode ser útil.

Ela está com fome.

E, principalmente, louca para fumar. Sente náuseas o dia inteiro, como se, antes de partir, o feto quisesse lembrá-la de que está ali em seu ventre, dia e noite. Ela precisa de um cigarro, mesmo estando enjoada, com as mãos trêmulas, com vontade de chorar. Precisa de um café para poder fumar sem vomitar. Ele faz de tudo para agradá-la e evitar que ela chore. Tudo, menos preservar a criança. Mas um café, isso pode.

Os dois conversam sobre os últimos acontecimentos, as fofocas, os amores de suas amigas. Ele não tira os olhos dela, como se ainda a amasse como no primeiro dia. Mas, se ainda a amasse como no primeiro dia, eles não estariam ali.

É quase meio-dia. Eles entram no carro. Ele procura no mapa a rue Nicolo e a orienta. Ela não se conforma: ele a está levando para uma clínica aonde ela não quer ir, para abortar uma criança que ele não quer ter. Primeira à direita, não, ele se atrapalha; então fazem o retorno. Ela sente que agora não há mais volta e morde os lábios até sangrar para evitar o choro.

Eles estacionam e entram na clínica.

– Bom dia, ela veio para fazer um aborto medicamentoso.

A funcionária tenta uma vez, duas vezes, não encontra o código de faturamento, o cartão do seguro-saúde está vencido. Ela grita:

– Gigi, qual é o código de faturamento para aborto medicamentoso? Bem, não, não funciona...

Ela não ouve, não quer ouvir mais nada, só quer vomitar e continuar chorando. Está enojada de tudo: dessa recepcionista idiota que não sabe os códigos; dele, que não ousa mais olhar para ela; das pessoas que tentaram convencê-la de que seria mais conveniente abortar a criança; e dela própria, que concordou.

Eles precisam falar com a senhora M. Segundo andar. Maternidade.

Ela chora. Ele ainda não olha para ela. Só teme uma coisa: que ela volte atrás e resolva ter essa criança que ele não quer, que iria arruinar sua vida familiar.

As portas do elevador se abrem.
À escolha: à direita, sala de parto; à esquerda, berçário. Ela se pergunta se é proposital ou inconsciente. Continua a chorar.
A parteira chega e lhe oferece um copo de água. Depois pede que a acompanhe até uma sala. No local há uma mesa e duas cadeiras, sem janela. Nada. Ele se senta ao lado dela. Não a toca, nem mesmo procura acalmá-la. Ela não consegue parar de chorar. Sente que vai morrer. Então se pergunta que diabos está fazendo ali. A enfermeira lhe estende um formulário que atesta seu consentimento. Ela assina. Um carimbo com a data, 6 de maio. Esse documento prova que ela resolveu abortar. Ele não precisa assinar nada. No entanto, foi ele que decidiu se livrar do bebê, não ela; mas, enfim, é assim, apenas uma assinatura e um carimbo.

Ela continua a chorar. Ele não olha para ela.

Ela senta e a parteira lhe dá as instruções. Primeiro, deve tomar três comprimidos, que vão fazer o feto descolar do útero. Após 48 horas, ela terá de voltar e tomar mais três comprimidos, que promoverão a expulsão do feto. Para concluir, a enfermeira lhe diz para não chorar: vai engolir as drágeas e não se fala mais nisso, certo?

Ela os ingere enquanto ele a observa. Nunca mais conseguirá olhar para ele espontaneamente.

Os dois voltam para a casa dela. Ele não a deixa nem por um minuto, como se esperasse a absolvição. Ela quer que ele morra! Mas ainda o deseja, e ele obviamente anseia por ela. Como se a única coisa que lhes restasse fosse esse desejo insano que os inunda, que os devora, essa vontade de que ele a penetre, pois só pensa nele e em seu sexo inundando-a de prazer.

Mesmo nesse dia sombrio, ainda impera nos dois essa sede insuportável de fazer amor.

E se amam com a energia do desespero. Ela o faz gozar pela última vez porque isso é tudo o que lhe resta. Não conseguem mais se falar, nem se entender, nem se perdoar, só sobrou essa atração inexplicável que jamais se extinguirá. Não importa o que aconteça, está além da compreensão.

Ele diz que ela é louca, que os dois são loucos, anormais, que não tinham o direito de fazer amor hoje. Ela responde que não lhe interessa o que é normal ou não, que odeia esse manual de boas maneiras que só serve para privá-los do prazer e da vida. Ela deseja o desespero. Deseja odiá-lo.

À noite, ela não faz nada. Assiste a um reality show na televisão, relaxa e dorme, exausta. Anda tão cansada desde que engravidou... Mas tudo começa a mudar. Pela primeira vez em muito tempo, não sente enjoo. Ele ainda se encontra em seu ventre, mas ela tem a sensação de que já está partindo.

No dia seguinte, ela continua meio quieta. Havia combinado de jantar com as amigas, mas no fim da tarde começa a sangrar. Sente o líquido escorrer entre as pernas. Seu bebê está indo embora. Enquanto ele passa a noite com a esposa, ela perde sangue. O que tanto queria finalmente está acontecendo: começa a odiá-lo.

Ele está atrasado, devia ter chegado às nove horas. São 9h30 e ele não está lá. Não atende o celular. Ela o odeia mais um pouco.

Dessa vez, ele a espera no semáforo, lá embaixo. Ela sobe no carro. Ele não a beija. Acabou. Há uma parede entre os dois, e será difícil derrubá-la.

Eles fazem o trajeto em silêncio. Ele lhe pergunta se ela está bem. Ela não responde. Para quê? Não há muito a dizer. Ela tem a impressão de já ter dito isso. Já disse isso tantas vezes... Ainda assim, dessa vez realmente não há mais nada a dizer.

Ele estaciona o carro, ela entra na clínica sorrindo. Agora conhece o caminho, as formalidades administrativas já foram cumpridas. Ela só tem que ir ao segundo andar, tomar os três comprimidos e esperar. O feto já descolou do útero. Só falta expeli-lo. A ginecologista a preveniu de que o processo pode ser doloroso. Ela brinca com a enfermeira e se contém. Prometeu a si mesma que não iria chorar, mas não sabe se vai conseguir.

Ela se acomoda no quarto onde passará quatro horas esperando. A enfermeira lhe explica que, se ela quiser urinar, deve fazê-lo numa bacia de plástico, para que possa perceber, caso o feto seja expulso ao mesmo tempo. Ela finge que ouve, mas não ouve mais nada, não quer ouvir mais nada. Estende a mão. A enfermeira lhe dá quatro comprimidos.

– Os dois primeiros, você deve ingerir; os outros dois, insira na vagina.

Ela os quebra ao meio para que entrem mais facilmente. Então pensa que sua maravilhosa história de amor está terminando num domingo de primavera num quarto de hospital.

As primeiras dores. Sutis, vagarosas, vão subindo, invadem seu ventre, seu corpo, sua cabeça. Contrações. Lancinantes, violentas. Durante quase duas horas, ela vai ficar dobrada, no início sentada, como lhe foi dito, depois deitada, porque a dor é muito forte e ela não suporta mais nada.

Ela está aguardando há duas horas. Ele abraça-a, beija-a, enterra a cabeça em seu pescoço. Foi ele quem quis fazer isso.

Ela chama a enfermeira, precisa de um calmante ou qualquer coisa que faça as dores diminuírem. Ela explica que não pode fazer nada.

– Você achou o quê, senhorita, que isso ia acontecer sem esforço? Bem, na verdade, não é nada do outro mundo. Você está abortando, e isso, obviamente, é dolorido.

Ela continua com as contrações torturantes. A ginecologista lhe telefona, pede a ela que se levante, ande, suba e desça a escadaria do hospital, para ajudar o feto a sair. Ela se levanta, dobra-se ao meio e sente uma contração mais forte do que as outras. Corre para o banheiro e, antes de pegar a bacia de plástico, sente o corpo se abrir e alguma coisa caindo. Olha para a privada e vê uma massa pegajosa no fundo.

Ela nunca podia imaginar que ele já estaria tão grande. Começa a gritar. Ele está no quarto ao lado e segura a cabeça entre as mãos. De seus olhos, não escorre nenhuma lágrima. Ela não está mais grávida. Ele venceu.

Estamos em 8 de maio.

46.

Horas mais tarde, ele a deixará em casa.
 Ela lhe pedirá que fique com ela até se sentir melhor.
 Ele não ficará.
 Eles nunca mais se viram.

Agradecimentos

Agradeço ao meu filho por ser a maior felicidade da minha vida.

Agradeço à minha mãe por eu ser quem sou.

Agradeço a Sophie por ter acreditado em meu projeto.

E agradeço a ele por ter me ensinado que não há nada mais lindo do que amar loucamente, intensamente, apaixonadamente.

lepmeditores
www.lpm.com.br
o site que conta tudo

Impresso na Gráfica BMF
2020